U0085946

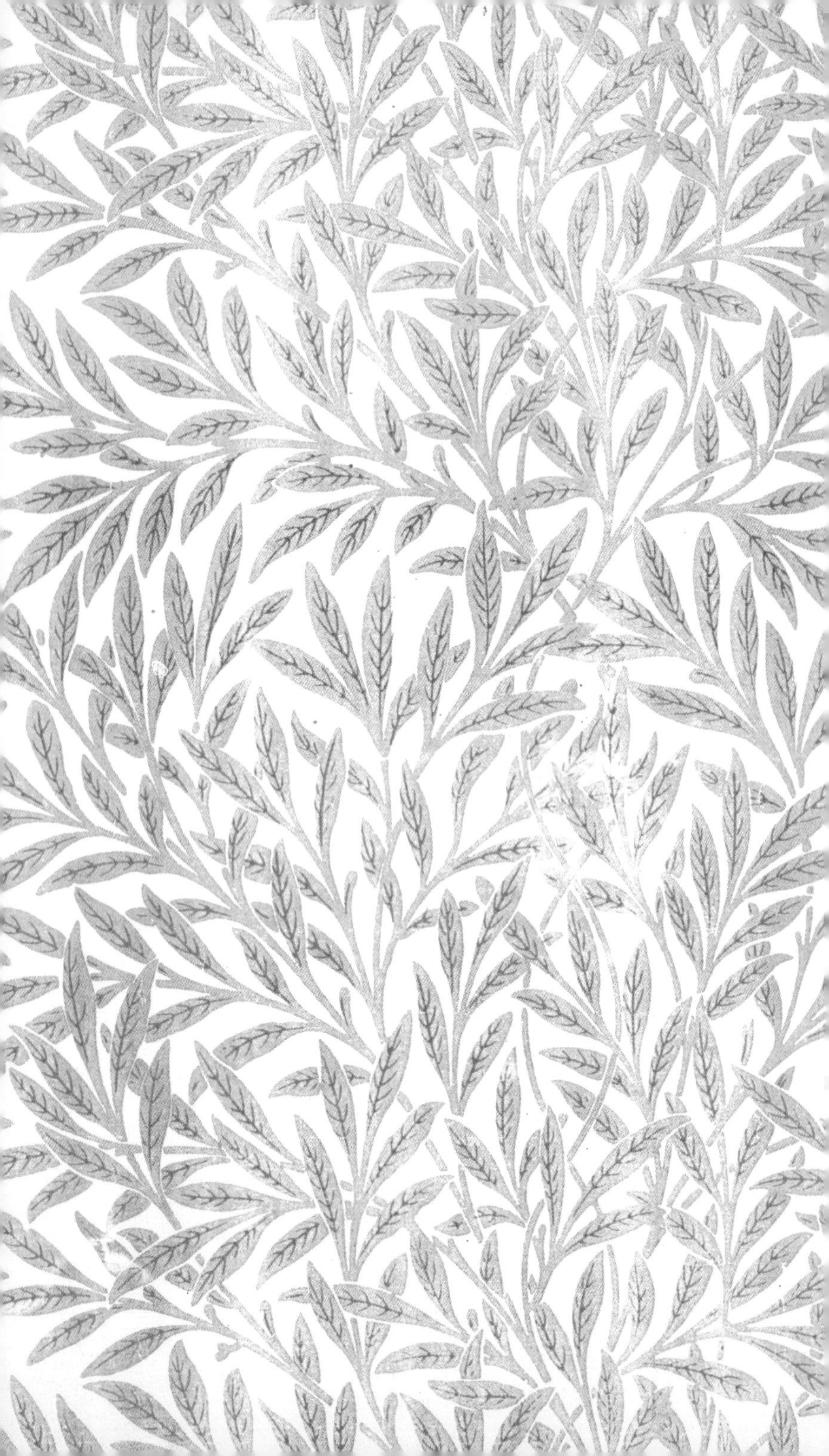

三民叢刊 255

扛一棵樹回家

洪淑苓 著

三民書局印行

一個有肩膀的女人

簡媜

傅鐘對面，那座古老文學院依例每年送走一批想飛的年輕人、迎接一群從全國各地篩選而出的善戰學生。時間繼續前行，不替才子趕路，不為才女倒流。

忽然，認識淑苓也超過二十年了。

淑苓小我一屆，大二時我轉入中文系，淑苓正是大一新鮮人。由於必須補足必修課程，我跟淑苓那一班一起上過課。黑壓壓一大班，上起課來載沉載浮，很快地，我就溺斃了。課蹺得兇，終究不認識「學弟學妹」，直到系主任葉慶炳老師積極推動創作，才發現淑苓那班臥虎藏龍，詩、小說、散文各有能手，寫詩的淑苓是其中之一。

那一班後來至少出了五個作家，在當年，個個頭角崢嶸幾乎讓人覺得，頭上的角長得太快了，文思一發作就得去撞文學院那扇厚厚的大門。淑苓置身其中，卻與他們不同，她顯得沉著穩重、雍容大度，天生具有「力士」特質，彷彿一出手就能降妖伏魔。

當然，我絕對相信頭上長了詩、散文、學術論文三隻犄角、時常相互抵觸的淑苓一定趁暗夜無人之際衝門撞壁以解決內在衝突，但她仍舊保持極具親和力的笑容，不慌不忙走過每一階段人生。

若說，讀淑苓的詩令人感受其靈思飛揚、姿態優雅之美，讀《扛一棵樹回家》則有膂力過人、一夫當關萬夫莫敵之嘆。她以自身為天秤，苦甜分帳、剛柔並重，穩住了人生與江山。這，不能不說是一種天賦。

輯一〈童年的滋味〉記錄宛如勞動界童工的成長過程，讀來令人動容。淑苓有一個非常勤奮、想盡法子掙錢以貼補家用的母親，賣蚵仔麵線、檳榔、家庭代工，處處展現一個女性、母親的拼搏精神。身為長女的淑苓，早熟地成為母親的幫手與精神上的最大支柱。一個勤勞母親必得加上貼心女兒，才得以成就至善至美的天倫圖。動人的，就是這幅天倫圖。

輯二〈學院的天空〉憶及大學校園生活，拈出創作線索以及踏入學術領域因緣。是以，輯三〈女性的世界〉巧妙鋪排白娘子、嫦娥、織女等古典材料，復以現代女性的眼光與心靈重新詮釋這些具有「原型」意義的女性面貌，悠遊古今、新舊印合，對練就學術功夫的淑苓而言可謂易如反掌，對讀者來說卻有驚奇之感。試想，嫦娥之所以偷吃靈藥奔月，乃因為嫁了個暴虐無道之人，「難道還要『癡癡地等』，以為野獸可以變為王子，終有一天幸福到來？」，而七夕淒美的相思雨，又說是洗碗水，是「牛郎把累積了一年三百六十五天的碗筷，都留給織女去洗呀！」這些具有顛覆性、毀壞女性心中愛情種籽的「血淚實例」，是全書最驚悚的部分。可惜篇幅稍短，期待他日，學術與散文雙邊合一，淑苓能為讀者多多「說解」舊材料裡的女性「隱情」。

輯四、輯五合觀乃婚姻與生活輪廓。雖然題材無甚新奇，然同樣是「經營家庭」，有人端一小碟吃飯，有人端的是一海碗。淑苓與基倫一路相知相惜相挺，既是中文同道又是白手起「家」的同志，聯手料理三代家務還能不礙學術無損創作，這當然是夫妻同命同體同擔當的最佳證明。

淑苓是個「母性堅強」的人（我還記得乍聞她懷上第三胎時眼珠子卡住不能輪轉的情形，忽然，她的小女兒也三歲了），讀〈山與海的歡唱〉，她帶領十五位家人、從七十歲老父到一歲多女兒浩浩蕩蕩赴花東旅行留下家族同歡的至美回憶，讓人讚歎！誰說古老家庭價值不能在現代女性身上實踐？當然可以。只是，必須像淑苓一樣有一副堅實肩膀，一顆看到家人快樂比自己快樂更快樂的琉璃心。

留情

洪淑苓

買了一束花，瓶插幾日後，花朵已經有點兒枯萎。我還是捨不得丟棄，就拿起花剪，從靠近花萼的地方剪下，把一朵朵垂死的花重新供養在淺水盤。

沒想到，這一來，竟然枯木逢春，花朵又漸次開放，在水盤中綻放嬌靨。

直到她們完全謝盡，我才依依不捨地清理水盤。

有時候，我還剝下零星的花瓣，夾在書報裡，當成書籤。

我自知非林黛玉之流，但命是愛花惜花，把握每一寸春光。我想我骨子裡對生命、對天地萬物都有一種酣然與單純的脾性：認真看待周遭的人事，欣然接受人生苦與樂；也單純的以為，人間有情，我既不能故作無情狀，就應處處用心，處處「留情」。

留情，就是這麼簡單的兩個字，使我不輕易丟棄一朵花，不忍心對別人說不。好比友朋相聚，我雖不是第一個到場，但總是最後才離去，只因想要多多逗留在那歡樂溫馨的情境之中。

留情，也使得我甘心背負起人生的重擔，為愛護我的雙親長輩，以及我所愛的丈夫兒女，奉獻一點點心力，為他們結網，遮風蔽雨，引渡陽光。

我為自己保留的，則是一方寫作的天地，把人間的喜怒哀樂化為長短調，用有情的聲調歌唱。

於是，檢視這些年來的寫作成績，編輯為這本散文集。從輯一到輯六，呈現個人生活的剪影，也表現自我生命的追尋。

輯一，那個剝荔枝、賣蚵仔麵線的小女孩，走過平凡困苦的歲月，卻錘鍊出一顆樸實堅定的心；輯二，在學院的天空下，走進了詩詞文學的殿堂，對於人生的畫譜更能夠恣意揮灑；輯三，從民間故事、電影和生活裡，體現女性的心靈與處境；輯四、輯五，是婚姻與現實人生的描摹，或許瑣細，但卻是真真實實的付出，也是真真實實的回饋；輯六的小品，可略窺我幽微的心靈，我認為那比較接近寫詩的我。

有些文章的篇幅或許長了些，但也代表它們在我心中的份量。而抒情的筆調之外，偶現的嬉笑怒罵，則暗示著我性格裡詼諧的一面，熟識的朋友自然了解。

以「扛一棵樹回家」為書名，可見我以情為重，像母鳥維護窩巢的心意。於新世紀初，SARS病疫猖獗，這個「家」的意象，更使我相信，「回家」是人生最大的幸福。

感謝簡媜為我作序。她是我高一班的學姐，我曾經在《文心雕龍》課上，望著她的背影，驚問：「她就是簡媜?」那時，她在腦後挽著一個鬆鬆的髮髻，就用一枝鉛筆斜斜插著。當年她已經小有名氣，如今更是散文名家，她的慧見，對我日後的寫作實是優良的指引。

最後更要感謝三民書局劉發行人的美意，編輯部同仁費心協助，本書才能正式出版。

二〇〇三年六月一日序於臺北寓所

扛一棵樹回家

目次

輯二　學院的天空

輯三　女性的世界

輯四　婚姻的素描

輯五　生活的傳真

輯六　心靈的漫舞

輯一　童年的滋味

蚵仔麵線的滋味

我站在小攤子前，等候那婦人盛一碗麵線給我。

婦人四十來歲，皮膚稍黑，頂著一頭鬈髮，間雜花白顏色。她很熟練地舞動長柄勺子，舀起一碗棕紅香滑的麵線，勺子抖動了兩下，再順勢往碗的邊緣一刮，「鏗」一聲，斬斷了糾纏不清的線團，乾淨俐落。

「要不要辣？」

婦人一問，我才回過神來，急忙搖頭說不。我一直仔細看著她的動作、形貌，多麼熟悉、親切，還有這冒著蒸氣的鍋鼎、小攤，都給我似曾相識的感覺。

是因為這樣吧，本來我還在路邊張望，現在卻興沖沖地走了過來。

等了一個漫長的紅燈，我走了過來。

我就走了過來。

十六、七歲的我，穿著北一女的綠制服，從18路公車跳下來，從馬路的那頭走了過來。

紅燈亮著，我站在紅磚人行道上等候。對街人行道上有個小吃攤，透過川流不息的車陣，我還是可以看到攤子上有兩個客人，而鍋爐後面，站著一個穿圍裙的婦人，是她在掌理這個攤子。客人已經就食，她仍然在整理檯面，又掀開鍋蓋，在陣陣蒸騰的煙霧中，用大勺子緩緩攪動鍋裡的東西。後來，她想起什麼似的，停下動作，抬起頭，望向我這裡。

綠燈正好亮了，我扶一扶書包肩帶，快步通過街口。小攤子掛的招牌逐漸逼近眼前：「麵線羹、魷魚羹、肉粽」，不太工整的毛筆字，紅紙榜就吊在手推車的雨棚下，微微地晃動著。

「回來了！要不要吃一碗麵線？」

總是她先招呼我。

「媽。」

那是我的媽媽，在街口賣蚵仔麵線的婦人。那不太工整的毛筆字招牌，正是我寫的。

不知為什麼，那時候我叫她的聲音，總是像蚊子叫，一下子又吞了回去。

我剛剛考上北一女時，媽媽為了貼補家用，就學著煮蚵仔麵線和魷魚羹，做點路邊攤的生意。每天放學，我就到攤子幫忙。

我，穿著綠衣黑裙，坐在攤子後面。除了舀麵線需要一些技巧，其他的，都難不倒我。何況熟能生巧，幾天下來，我勾起麵線，「鏗」一聲，刮掉多餘的線團，也是乾淨俐落。

為了生活，我深知媽媽的辛苦，不敢有任何抱怨。只是有點兒羞赧，怕被人指指點點，也怕被同學認出。我的同班同學，不是富家子，便是公教子女，出身勞工家庭的，我是唯一的一個。而且，好朋友都知道，我喜歡文學，將來要唸最有氣質的中文系。蚵仔麵線？路邊攤？我怎麼會穿著榮耀的綠制服，繫條滿是油垢的圍裙，站在這裡。

這些憂慮與矜持，直到熟客人多了，經常誇獎我會讀書又孝順，我的背脊才挺直起來，不再害羞不自在。

但是，我還擔心，萬一被警察碰上了，取締、罰款。怎麼辦？

有一天，警察真的來了！

那天，媽媽回家準備拜拜，我獨自看守攤子。才站了幾分鐘，一個客人也沒有。而遠遠的，一個警察模樣的人，正朝著我這方向走來。我看著他，心裡撲撲地跳。他的身影愈來愈清晰，我甚至已經用腳踢開了車輪下的磚塊，手按著車輪蓋，準備立即推動車子，開跑！

他來了。像國慶閱兵踢正步一樣，不疾不徐，雍容華貴。但對我來說，那氣勢卻有如泰山壓頂；我瞪大眼睛看著他，害怕極了，早已忘了「開跑」這回事。

突然，他停了下來，在我攤子的斜前方，也很慎重的瞪著我瞧。從清湯掛麵的髮型到繡著金黃色學號的綠制服，然後掃描到檯面上的鍋碗，最後又回到我臉上。只是幾秒鐘吧？我卻像作弊被逮個正著的學生，驚懼、顫抖，甚至是呆若木雞，即將任人宰割。

直到他又開始踢正步，目不斜視地走過我的攤子；隨著那逐漸遠去的背影，我才慢慢鬆弛下來，扶著檯面，摸索到慣坐的板凳上。還不敢一屁股坐下去，怕他又折返。許久，終於不見蹤影，我才放心地坐下，守著攤子……

那時候，有無數個黃昏，穿著北一女的綠制服，守在蚵仔麵線的小攤前。天黑以後，客人稀少，就和媽媽一起收拾攤子，把水桶、板凳掛在車把上，然後用力推著車子，向燈火通明的村莊走回去。如果生意好，兩大鍋麵線和魷魚羹都賣完了，車子就比較輕，推起來也順手。如果賣得差些，剩餘的湯水，就像千斤重似的，愈推愈費力。回家的路，也變得特別遙遠。

如今二十個年頭過去了，我在媽媽的支持下，唸了中文系，並且有幸留在臺大教書。我的毛筆字依然不登大雅之堂，但是那個「麵線羹」的招牌，卻一直留在我腦海中。更記得和媽媽一起推著車子回家，感覺媽媽奮力向前，而且還要控制輪胎的方向，我的心有著萬分的不忍。只有更加用力，幫忙推車；只有更加用功，考上好大學——在那條回家的路上，我不斷這麼告訴自己。

蚵仔麵線的好吃，是在於湯頭和配料。要用大骨熬湯，然後加入紅蔥頭、竹筍簽、柴魚片一同燉煮。麵線要事先分開、弄鬆、剪段，才不會「糊」掉或糾結一團。蚵仔、大腸，以衛生清潔為第一。盛起來之後，別忘了翠綠的芫荽。加點兒烏醋，更能提味。眼前的這碗蚵仔麵線，我嘗了一口，便知道是白水加味精煮成的，其他的更不用說了。

如果不是這婦人舀麵線的姿勢十分眼熟，乾淨俐落，我是不會專程從對街走過來的。

但是我還是一口一口吃著麵線，因為我剛才回頭一瞥，綠燈亮了，那個身穿綠制服的少女，又背著「一女中」的書包走過來了。

原載於一九九八年十月十四日《中央日報・副刊》

荔枝記

一騎紅塵妃子笑，無人知是荔枝來。

——唐・杜牧〈過華清宮絕句〉之一

夏日驕陽，誘發荔枝的成熟。那鮮豔欲滴的火紅，襯著蒼翠的綠葉，愈顯得甘甜多汁，讓人好想剝開那殼兒，狠狠咬它一口，一個勁兒的吮光它的蜜汁！

六月，是荔枝的季節。在桃李上市以前，荔枝以豐盈嬌貴的姿態斜臥在水果攤上；等到桃李也開始熱賣，論甜度、軟度，又怎是荔枝的對手？荔枝是熱帶水果，也是熱情的水果，叫人一吃上癮，君不見唐朝楊貴妃對荔枝情有獨鍾，為了嚐鮮，還要專人快遞，才能博得美人一笑呢。

我也愛荔枝。

因為荔枝還有個愛情故事，小時候就聽媽媽說過。

泉州少男陳三，偶至潮州遊玩。經過某富家樓閣，閣上的少女竟拋下一串荔枝——想必那正是炎炎夏日，有意無意的，洩露少女思春的情意。而陳三拾起這串綺思的荔枝，少男的心也立刻燃燒起來，眼中噴出不可抑遏的愛戀之火。於是，他千方百計，假扮磨鏡匠人，入其府中磨鏡，又故意將寶鏡打破，委身為奴，留任長工，以便有機會一親芳澤……這是部古老的戲文，叫《荔鏡記》，那個拋荔枝如拋繡球的少女，名喚五娘。

我和荔枝也有段因緣，因此更愛荔枝。

大約在我國中一年級暑假，有一兩個禮拜的時間，我成天和荔枝為伍。但不是像楊貴妃之品嘗，也不是仿效五娘之浪漫，而是老老實實的，去殼、剝果肉，等到籮筐裡的荔枝盡皆完成這項洗禮，才算大功告成。

那時的我身材瘦高，雖是十三歲的「童工」，卻已有將近一六〇公分高，因此混在工人隊伍裡，也不容易被發覺。每天早晨，我來到工廠門口，等到有其他叔叔、阿姨也來上班了，就假裝和他們走在一起，避開警衛的視線，快速走向工作的單位。先到的人早已排隊等候；領班吆喝搬運工把一簍一簍的荔枝從冷凍倉庫搬出來，過磅之後，再交給每人一簍，另加中午的飯票一張。輪到我，領班皺了一下眉頭，旁邊有人跟他說：「她是××的女兒。」領班才正眼看我一下，指指地上的籮筐：「搬得動嗎？」旁邊又有人出聲：「沒關係，我們會幫她。」我木訥的領了飯票，半蹲著身子，努力推動那簍荔枝。真的很重，我只能勉強推動幾步。後面兩三個人領了自己的份兒，趕緊過來幫我，一行人像趕牛趕驢似的，把荔枝推進工作室。

如果我記得沒錯，那荔枝足足有六十公斤重哪。而我當時，只不過四十五公斤左右。每天的工作量就是剝這六十公斤的荔枝，據說果肉是要拿去做荔枝酒。因此廠方一再叮嚀，只能手剝，不可腳踩或用重物擊碎。

當楊貴妃用豐腴白潤的手，剝開那鮮紅的外殼；當五娘的纖纖玉手拋出那一串愛的火花；荔枝，想必猶是風情萬種，十足誘人的蜜果。

但是，如果一次要剝六十公斤的荔枝？

幸好那時我年紀還小，不懂得多愁善感，只想到這是「代母出征」，無論如何，咬緊牙關也要撐過去。

我努力剝著荔枝，快到中午，才剝好四分之一，而動作快的人已經快要見底了。工作室是個鐵皮大廠房，裡面空無一物，每個人都蹲著工作；有備而來者，則自備小板凳。天氣悶熱，文風不動，只有流行歌曲一首接一首，灌進耳朵，灌進已經要發昏發漲的腦袋瓜裡。

中午，幾個稍為熟識的阿姨招我一起去吃飯。一張飯票扣工錢十八元，可以到工廠餐廳享用一葷一素的午餐。餐廳，仍是個鐵皮屋，只不過多了幾支電扇。「你慢慢吃，不要急。我們自己的剝完了，再幫你。」一位阿姨看我吃得很急，就這麼安慰我。

飯後，大多數人也不休息，逕回工作室剝荔枝。也許早點兒完成工作，才是上策，否則愈到下午，西曬的鐵皮屋，更叫人如在烤箱中。

那幾個阿姨果然來幫我了，每個人分走一堆，下午三點半，我竟也完成「六十公斤」的任務。她們幾個都是年輕女孩，從南部來臺北找工作，沒找到合適的，就先做這份臨時工作。等荔枝的季節一過，荔枝變成了酒，咱們也就一同失業了。我又發現，早早完工的她們，都往工廠某個角落去。半小時後回來，換了乾淨衣裳，頭髮也散發洗髮精的香味，原來她們是去沐浴，工廠有此設備，方便工人換洗。

等待下班的時候，太陽才稍減威力。在晚風中，那幾個阿姨和其他年輕的男女工人，坐在牆邊臺階上，說說笑笑，彷彿已經忘卻一日的辛勞。而我，年紀太小了吧，始終插不上嘴。這中間，說不定有什麼羅曼史我沒聽到。只是也感覺鬆一口氣，終於要下班回家了。

記得有個比較機伶的阿姨，曾經帶大家勇闖「禁區」，到冒著白煙的冷凍庫搜尋「上青」的荔枝。大多數是淡綠的外皮，底部已經轉紅，嘗起來非常「青甜」；若幸運翻到那剛剛熟透的，嘖！真是人間極品，楊貴妃的遺憾。

我日日夾雜在這一群叔叔、阿姨中，可說都靠他們的幫忙才能過關，也曾經邀同班同學一同打工賺錢，但她做了一天，翌日就打退堂鼓。我的屘嬸，也一度義務相助，陪我做了幾天工。

但我最擔心的，還是門口的警衛，怕他們揪出我這個「偷渡客」，不合法的童工。

這天，終於來臨了。下班時，我落單走出工作室，再走到大門口，立刻被眼尖的警衛攔住。他上下打量我，估計我未成年，要我拿出工作證，質問我怎麼混進去的？幾天了？被勞工局查到，工廠要受罰的！

「因為……因為我媽媽跌倒腿受傷了，不能來工作，所以叫我來代替……。」

警衛對這番說詞半信半疑，但事實的確如此。而接下來幾天，警衛都對我「視而不見」，也許他可以接受這理由了吧。

媽媽恢復健康，又回到工廠上班時，暑假已近尾聲。如果這也算是「打工」，那年暑假可說是我第一次的經驗。我都忘了問那些阿姨姓啥名啥，只記得對她們感激在心。我也沒領到「工錢」，只盼望媽媽的腿傷早日痊癒。

「一騎紅塵妃子笑，無人知是荔枝來。」當我看到荔枝上市，當我默誦這千古流傳的詩句，我也是會心一笑，畢竟辛勞不復記憶，荔枝的鮮美、人情的醇厚，以及小小心靈對母親的記掛，才是永難忘懷的。

今年的端午節，供奉桃李荔枝，我打算和自己的一雙兒女，說說這一段「荔枝記」。

原載於一九九九年七月十二日《中央日報．副刊》

母親・針線・我

每當提起筆來，總是想要描寫母親，寫她的慈愛、她的辛勞，還有那段困苦又豐富的歲月。

民國五、六十年代，臺灣社會逐漸轉型，由純粹人力的農業時代轉入機器與服務的工商業時代。「客廳即工廠」，我當時雖不知這句口號，卻親身歷經這樣的童年。那時，母親、嬸嬸，和隔壁鄰居的太太，還有我同學的媽媽，每個在家裡的女人，除了忙家務，總不忘再做點手工藝，以便貼補家用。最常看到的是繡毛線衣（上面的圖案）、串聖誕燈、穿梳子（把銅、鋁質的小針插上，使成梳齒），有個嬸婆還編過藤條提包。配電子零件，那還是比較後期的事。而我的母親，以及同住一家的嬸嬸大約都是做些針線活兒，從繡花鞋到布偶，從手工到車工，從勝家縫紉機到電動縫紉機，一寸一寸，縫綴了孩子永遠飢饞的嘴，也「車」掉了自己的青春。

從繡花鞋開始

記得，是從繡花鞋開始，母親在窗邊車縫的影子便鐫刻在我的心中。那鞋，不是古代女人腳下的三寸金蓮，而是用來擺飾的小玩藝兒。大小不過一節指頭那麼大，沒超過三公分吧，卻要用小珠子繡出二朵花，然後再滾邊縫合。母親用一個方形餅乾鐵盒，裡面放著四、五個舊碗，碗裡是不同色的珠子。每個珠子大約只有一公釐直徑，因此根本不能、也不必用肉眼去穿它，只須用針去挑，先挑出兩顆藍的，在鞋面上一別，然後再挑出一藍一黃一藍，和剛才那一線呈垂直刺下，就繡出了一朵四瓣黃蕊的小花。如此再繡另一朵，就做好了鞋面。通常都先累積一些，再換珠子做縫合的工作，縫合鞋面鞋底，也是利用珠子和線的交錯，才形成堅固又美麗的鞋沿。縫到最後，還要留個小缺口，把海綿塞進去，變成一隻小粽子似的鞋樣（和裹小腳的三寸金蓮還是很像），再完全縫密。也是先累積一些單隻的，然後再縫合成一雙。方法是，等後頭的這隻縫密之後，再迴針到鞋的內側，然後和另一隻併在一起，不必再加珠子，用針線走剛才的縫合線，S形來回走兩次，就回到了原點，打個俐落的結，才算完成。而一雙小鞋，不過幾毛錢工資而已。

這些過程，我都看得很仔細，至今記憶猶新。我不記得當年我幾歲，但我的確很好奇，也可能有那麼一點兒女性的本能，我一直很想像媽媽一樣，拈起針線，在那裝滿珠子的碗裡挑得沙沙作響，然後在乳白色的假皮鞋面上，穿梭來回。可是，母親總是說：「唉，妳不會啦！」不然就是：「那妳在旁邊看好了。」而大部分的時候，她打派給我的工作是穿針，一次穿個十幾支，插在保麗龍上，長長的白色棉線披在針孔的兩頭，很像一列列白髮的女人跪在也是白色的保麗龍針插上。有的針因為用久了，已經彎掉了；更像駝背的老女人。這景象，使我感覺又突兀又好笑。我討厭穿針。我渴望穿上線後，在線尾順勢打個結，然後飛快繡出兩朵小花，縫好一雙小鞋，像母親一樣。

後來繡花鞋不知怎麼停工了，母親休息好一陣子，才找到車娃娃衣的代工。這次，母親的嫁妝，那臺勝家縫紉機可派上用場了。

娃娃衣和狗布偶

我曾注意到，有些女人這麼說過，當初學洋裁、陪嫁縫紉機，只是為了興趣，或者應該說是為了增加新娘子的才藝與門面；沒想到大多數人後來還非得靠這個吃飯，即使不是專業，也是很敬業的裁縫師——為了一家溫飽，努力工作，洋裝、套裝、訂做、修改，統統都來。如同我的母親，出嫁之前只學會簡單的裁剪，嫁過來之後，倒也有所發揮，給父親與祖母製作名叫「大幅剪」的棉質內褲，因為那樣式穿起來十分舒適，老式的男人和老一輩的人都愛。而現在，母親又要「更上層樓」，用這臺裁縫車仔——母親是這樣叫的，和她的雙手、雙腳（必須用腳踩踏板，右手輔助推動機身上的轉輪，縫紉機才能轉動），為這個家多掙些錢財。

母親最初接手的，是車縫洋娃娃的衣服。已經剪裁好的布片，一綑綑送到家裡來。總有個程序，先接前後片，然後再接袖子，成品只不過如手掌般大，猜想穿這衣服的娃娃，大概有如今之芭比，或者更小一些。母親的大手拿起一片片小布塊，踏板一踩，一條萬國旗似的娃娃衣瀑布便流洩而出。我或者弟、妹（這時他們也長大了，可以幫忙），就站在瀑布底，拿把剪刀，咔嚓剪下一段，然後再一件件剪開。剪，也是一種工夫。你得靠著某件的邊邊兒剪，回頭修剪線頭時，再剪另一邊即可。否則，從中間隨意剪斷，修剪線頭便得兩端都來，事半功倍。

時常，我們陷在衣服堆裡，噘著小嘴兒，咔嚓咔嚓地剪。更討厭母親規定的剪法；幹嘛修剪線頭呢？線頭又是個什麼東西呢？我怎麼從來都不知道衣服上有這玩意兒？偶爾，把車縫好的小衣服拿來把玩，套在指頭上當布袋戲演，怪腔怪調，自娛一番。心裡卻免不了羨慕即將擁有這衣裳的洋娃娃和她的主人。洋娃娃？那個時候還沒聽過芭比的大名，只知道凡是金髮碧眼的，都叫洋娃娃，漂亮的洋娃娃。還有些時候，我們兩三個一起幫忙，剪線的速度大過母親的車縫，兄弟姊妹就搶了起來，要不就和母親比賽，拿著剪刀在旁「侍候」，車一件剪一件，「快點快點」童稚的聲音催促著，「走開走開，等一下再來」母親又好氣又好笑的回答著。

「走開，走開」母親恆常如此驅趕我們，卻又一再的召喚我們：「××，過來幫我剪線頭。」我多麼希望，母親在這句話後面會接著說：「等一下給你五塊錢。」或者：「明天給你買件新衣服。」或者……母親從來沒有說過這些，連假意的安慰都沒有。她倒常說：「等一下去洗個米。」或者：「明天早上記得洗被單。」唉，這就是生活。

洋娃娃衣服車完了，母親改車布偶。種類蠻多的，小型的有獅子、小貓，大型的以狗居多，同樣是送來裁好的布片，再拼接起來。同樣是要剪線頭，摺疊成品。如果做的是獅子，就要多車一條尾巴，裡頭還要塞棉花，漫天的棉絮，常叫我們「哈啾」連連。狗布偶真的很大，約莫二尺長，堆起來簡直像座小山。而體型也逐漸高大的我，又被派任另一項任務：送貨，在我的迷你腳踏車後座上，載個一、兩打的布偶——當老闆緊急調貨時。

電動裁縫車

那年我十二歲，剛學會騎腳踏車，對這工作不以為苦，反而躍躍欲試。通常是在傍晚，母親接獲電話，便指派我火速前往。母親幫我綑紮妥當，我便上路了！一路上晚風清涼，騎在小巷道，又轉入田間小徑，再駛進老闆家的庭院，順暢極了，得意極了。老闆娘一聲：「妳真棒」更把我捧上了天。

十二歲是屬於腳踏車的，我得空便騎著車子到處閒逛。同伴也大多擁有自己的車子，或大或小，或老爺或迷你，正著騎、歪著騎，反正只要踩得動輪子都可以跑。成群結隊時是瘋狂，單車一人時是清閒——十二歲的我，愛腳踏車的輪子著實勝過裁縫車的輪子！

大約在這個時候，母親也已把她的老嫁妝擱置一旁，換購一臺電動裁縫車。電動的果然省力得多，而且只會往前跑，不會突然「倒車」絞線，使母親的工作更順利。不過，這看起來十分美好的遠景，並沒有維持太久，因為工廠的貨到得愈來愈少，有時休息了一個月也沒接到什麼生意。後來我才了解，這是工業轉型，臺灣本是紡織王國，成衣的大加工廠，但進入民國六十年以後，崛起的是製鞋工廠，大量的運動鞋外銷，正帶給臺灣一股新生的力量。

原本在家車代工的母親，也趕搭這列熱門快車。鄰居的魏叔叔斥資成立小工廠，買幾臺機器，招募幾個女工，加上母親，便開始了「魏氏鞋業」，還真是有模有樣的——在隆隆的機器聲中，在成堆的塑膠皮鞋樣品中。

母親她們做的是運動鞋的鞋面，就是利用電動縫紉機（比家用的更大型）把一些布條、標籤車縫在鞋面上。是論件計酬的，但是去得太晚，老闆也會不高興的。另外那幾個女工來自臺東，出門在外，漸漸的也和母親成為好朋友。

母親到工廠車鞋面之後，家裡的裁縫車自然也就閒置一旁。而我升入國中，也告別了我的腳踏車歲月，一頭鑽進課本和參考書的圍城中。母親這樣的生活，現在叫職業婦女、雙薪家庭，但名目雖好聽，實際的負擔可不是三言兩語講得完。由於身處大家族，母親除了料理一家六口，還要兼顧每月初一、十五的拜拜，以及一年多達二十餘次的祖先的生辰忌日，再加上三不五時來一張紅白帖，人情世故之多，簡直「罄竹難書」。而這些都需要金錢、時間（上街買菜、煮食、祭祀），還有一些牽扯不完的人情事理，若再碰上孩子生病、鬧事，可是三頭六臂、八爪章魚都應付不了。自然的，這樣的員工是要遭人白眼的，在時間上也無法調配，母親做了一年，便只得自動請辭，回家來做全職的家庭主婦了。

生活的巨輪

如果說「時代的巨輪不斷向前滾動」，母親腳下的車輪也是不斷的轉動，和時代並進。裁縫車後來雖然暫停一段時間，謀生的事兒卻從沒有間斷過。用推車賣蚵仔麵線、檳榔，用摩托車送養樂多和各色飲料，若再追溯少女時期騎腳踏車到紡織廠上班，天啊，這可是名副其實的，「生活的巨輪不斷向前滾動」！而輾過去的，是母親烏黑的秀髮、清澈的眼眸、光潔的肌膚和嬌美的笑靨；而今年已過六十的母親：滿頭華髮，眼珠渾濁，皺紋遍佈臉孔與手腳各處，偶現的笑容旋即被生活的陰影掩蔽。時代的巨輪啊，你要把我的母親帶到哪裡去呢？

在兒女各自成家立業後，母親偶爾還是會做些針線活兒，縫扣子、補小洞，要不然就翻開裁縫車蓋，改腰身、縮短褲腳之類的。我大概也承襲母親的這種習慣（嗜好？），喜歡自己縫些小東西，博士班畢業的那個暑假，還向好友借來手提縫紉機，報名參加縫紉補習班，學做上衣、裙子、童裝，一副要改行當裁縫師的樣子。到現在，櫥子裡還放著幾塊布料，總想著哪天要再自己做套衣服。哪天呢？博士畢業升任副教授，也許是升任教授的那一天吧。

母親用針線縫綴了她辛勞的一生，也用針線牽引我走過童年。所不同的是，母親用的線以黑白二線居多，而我的是五彩繽紛——如果，也要針線繡出我的童年和夢想。母親手中握的是針，我握的是筆，我但願能用這筆寫出母親的針線歲月。

原載於二〇〇一年五月十二、三日《臺灣日報副刊》

檳榔記

「高高的樹上結檳榔，誰先爬上誰先嘗……」聽過這首〈採檳榔〉的民謠小調嗎？還是你只想到時下新興的「檳榔西施」、「檳榔辣妹」？告訴你一個祕密：我，也曾經是個「檳榔小妹」！

大約在我升上國中的時候，母親為了貼補家用，開始賣檳榔。那是民國六十三、四年左右，擺檳榔攤的，大多是歐巴桑級的婦人，即使有年輕的小姐，也是把自己包裹得密不透風——不僅為了避免「美色外露」，那無情的風吹日曬，鐵定叫你怎樣保養都「白不回來」。而且這檳榔攤不是設在十字路口，就是在街角「亭仔腳」，要忍受噪音、空氣污染，還要看商家的臉色，人家不給你擺就是不給你擺，何況有時還得向他們借用廁所什麼的，可說卑微之至，賺的都是辛苦錢。但是為了家計，又聽說賣檳榔的利潤頗高，母親便毅然決然要試它一試。記得那時，我們姊弟還質問母親：「你怎麼可以賣這種害人的東西呢?吃檳榔會『吐血』，很髒，很不衛生吔！」母親瞪我們一眼，什麼也沒說。

母親透過親戚介紹，認識一個賣檳榔多年的婦人，向她請教各種問題。婦人很熱心地教母親張羅一切，包括怎樣篩選好檳榔，剪去檳榔蒂，用小刀刨起一層薄皮（不能斷裂），以便填塞紅色的作料和綠色的「荖花」，連批發商那邊都幫母親打點好了。當然，關鍵在於紅色作料的調配，必須用獨家配方，才能抓住顧客的口味，讓他們一吃上癮。於是，我們看到母親很努力、很認真地在家裡練習，爸爸是不吃檳榔的，母親就找來堂哥當試驗品，問他口感如何?可以「出師」了嗎?

這天，母親終於「畢業」了，正式到街角擺攤子。攤子設在一家水電行的騎樓下，天氣良好，母親就把攤子挪到人行道上，以免經常妨礙人家。檳榔攤的擺設彷彿也有類似的規格：一張小方桌，上面架著小玻璃櫃，包好的檳榔就放在裡面。規模大的小販，還可以接電線擺個冷藏櫃，兼賣冷飲。我已經忘了母親第一天開張的情形，只記得我們幾個小蘿蔔頭由厭惡轉好奇，從母親在家裡準備時，就跟進跟出、問東問西的，比母親還興奮。等到傍晚，母親收攤回來，又一擁而上，緊張地問：「賣完否?生意好嗎?」全然忘記先前對這個行業的鄙棄。

也許是地點不佳，或者運氣不好，母親的檳榔攤一直沒有興旺起來。從涼爽的秋天，到寒冷的冬天，眼看都快過年了，賣檳榔的收入仍然十分有限，並不像別人說的那麼好賺。那時，正好學校放寒假，每逢中午，便由身為長女的我送便當給母親。在嬸嬸的協助下，我先煮好一鍋白飯，配上一些剩菜，有時加個荷包蛋、一勺肉鬆，用報紙把便當包了一層又一層，送去給母親。可是，儘管我腳踏車騎得飛快，便當送到母親手裡，往往已經變涼了。我看著母親仍然滿懷欣喜地吃著便當，心裡更覺得過意不去，只恨自己騎得還不夠快。當母親把一團團已經變冷、和著菜汁的白飯送入口中，我彷彿感覺那些飯團都哽在我的喉頭，無法下嚥。我又想起，在我上學的日子，母親便只好一早裝好便當，帶在身邊，到中午再打開來吃，那滋味想必更冷、更澀！每想到這些，我的心就感到有點兒惆悵。

母親吃便當時，我就幫忙看攤子。漸漸的，我也掌握了一些竅門，可以把檳榔包得很漂亮，看起來很好吃的樣子。記得，我拿起半月形的小刀，用拇指扣住刀鋒，用食指推動刀背，把檳榔削起一段薄皮，一旁吃飯的母親總不忘說一聲：「小心點！」等我把整顆檳榔包裝好，我也會說：「還不錯吧！」母女倆相視而笑，寒風中遂有了些暖意。

有時，家裡有事，母親必須親自回去處理，就把攤子交給我。於是我繫上母親的圍裙，戴上她慣用的毛線帽，坐在高腳凳上，開始扮演「檳榔小妹」的角色。我會先數數玻璃櫃裡的存貨，然後估量一下，再包裝幾個才夠。要不然，就是摺紙袋備用。那時用電話簿，一頁頁撕下來，摺成漏斗型的袋子；偶爾有人送些廢紙，母親也如獲至寶般收下。畢竟，紙袋消耗愈多，不就代表生意愈好嗎？有時候，我還會悄悄摸摸圍裙口袋裡的零錢、鈔票，確定它們的數目；我怕我不留神找錯了錢，或者把錢弄丟了，那就太對不起媽媽。

生意真的很不好，雖然也在大馬路邊，但停下來買檳榔的，寥寥可數。也許這裡屬於文教區，少了開卡車的勞工階級，也罕見開賓士車的大財主——他們才是預期的、典型的檳榔愛用者。尤其在寂靜的午後，整條馬路像睡著了似的，人車都銷聲匿跡，連公共汽車都老久老久才開過一部，這卻是我用功的好時機。幫忙幾次之後，我了解了這狀況，就隨身帶著英文單字卡，或是國文課本，趁著空檔，默默在心裡背誦：BOOK書、KEY鑰匙、DOG狗……黔無驢，有好事者船載以入……余憶童稚時，能張目對日——小姐，甲汝買一包檳榔！直到這樣的聲音把我從冥想中喚醒，我才趕快起身，遞貨找錢。

國中生的我已將近一百六十公分高，但仍是一臉稚氣，外加上靦腆害羞，和買東西的顧客四目交接時，對方經常「哦」一聲，說：「原來是個小妹妹喔！」

我這個「檳榔小妹」看攤子時，最擔心碰到認識的同學，因為這條路還是在我的學區之內，有幾個小學同學就住在附近。所幸檳榔到底不是一般食品，不是所有的人都會湊過來光顧。不過，我還是蠻怕的，怕同學發現我在這裡擺路邊攤，而且賣的還是破壞環境、危害健康的檳榔！一想到這些，我幾乎忘了，學校裡的老師也可能經過這裡呀！如果被老師撞見，我怎麼解釋呢？經常考第一名的好學生，很會作文的小作家，竟然搖身一變，變成「檳榔小妹」，坐在小攤前「拋頭露面」；可是，擺路邊攤也沒什麼錯呀！雖然有時候會被警察驅趕、取締，但總也是一種工作啊！檳榔又不是毒品，誰說不能賣？沒有人愛吃的話，怎麼會有人賣呢？我的心底，竟同時出現這些聲音，在那裡互相交戰。

農曆新年過去了，寒假也結束了。進入下學期的春夏季，我就利用週末假日去幫母親代班，我所擔憂的，雖然仍然潛藏在心裡面，但畢竟比較習慣了。我開始覺得自己很能幹，可以為母親分勞。

其實，還是發生過這樣的事——我幾乎和幾個同學打個照面，在我充當「檳榔小妹」

時。那應是週末下午，我照例去幫忙母親，母親走後不久，我一邊切著檳榔，一邊注意來往的人車，深恐漏掉任何生意。忽然，我看到對面馬路走來了三、四個男生，理個大光頭，還穿著制服的國中生，我覺得他們看起來很眼熟，很像我的小學同學。雖然大家畢業後很少碰面，但那基本的體態還是很熟悉的。他們一路嘻嘻哈哈走過來，我的頭愈來愈低，眼睛卻一直往上瞟。我很想看看到底他們是誰，也很想知道他們有沒有發現我——那個拿市長獎的女生！

他們穿過馬路了，卻又靠向另一邊的人行道，並沒有走在我這一邊。我還是不敢抬頭看，只用眼角餘光瞄一瞄，確定他們走遠了，看不見了，才挺直腰桿，鬆了口氣。好險呢，要不是他們只顧著打打鬧鬧，一定會發現我在這裡，屆時我只有找個地洞鑽進去了。

啊！畢竟當時年紀小，一方面感到驕傲與責任——母親好辛苦，我要幫她的忙；一方面又有著羞澀與不安——怕被同學取笑，怕被警察取締；可喜的是，並不知道那也是人生的無奈與辛酸。母親本是家庭主婦，又怎麼說服她自己去擺攤子，怎麼克服層層的心理障礙呢？我只顧著自己的面子，卻從沒想像過，母親還有更多的壓力。也許，在生活的重擔下，母親早已練就可屈可伸的人生態度，她，擁有的是強韌的生命力，不會被貧困打倒，也不因挫折而氣餒、退縮。

歲月如梭，報紙上、電視裡的「檳榔辣妹」特寫專題，勾起我少年時光的回憶。穿著「清涼」、打扮豔麗的「檳榔辣妹」，她們的心境又如何？是因為家境所迫，還是物慾所吸引，所以才走入這行業，做著變相的生意？

母親的檳榔攤不到一年就收了，當初幫忙籌備的那婦人始終不相信，這麼好賺的生意，怎麼有人賠錢？過了兩年，母親又向人學習煮蚵仔麵線、肉羹，開始賣起臺灣小吃，那又是另一段交織著淚光與微笑的回憶了……

原載於二〇〇〇年六月二十一日《人間福報・覺世副刊》

瓊花的歎息

那是個盛行「媳婦仔」的年代。

小小女孩，有的尚在襁褓之中，有的只是稍解人事，便被送到夫家，成為童養媳。此後的歲月，少數幸運者，成為掌上明珠，等到十六、七歲，與從小熟識的阿兄「送作堆」，由此升級為媳婦，將來亦是正格的老闆娘。而大多數是艱苦的、洗衣燒飯帶弟妹，所有家事都落在那柔弱的肩上，即使「送作堆」以後，生兒育女，苦辛備嘗。

更有甚者，阿兄喜新厭舊，嫌家裡的「沒有粉味」，因熟悉而視若無睹，另結新歡去也。大某細姨，在那個年代，也是被允許的。

正是這樣的緣故吧！在我的童年裡，那個高䠷的身影，始終留在腦海中；那冬夜裡咻咻的哮喘聲，也揮之不去——是我的大伯母，她讓我略知什麼叫「媳婦仔」，順帶的，也假裝不知道那個禁忌的話題：大某細姨。

大伯母身材高大，五官秀美，只不過兩頰染有黑斑。但左鄰右舍都叫她「黑貓仔」，可見年輕時的她是個美人胚仔。她是個童養媳，本姓高，幾歲來的？我倒是不清楚。少女時代的她，在紡織廠當女工，但她很愛看書，大夜班回來，睡個小覺，便捧著小說讀得津津有味。這一點，是她和其他同輩人最大的不同。幼年時，我鮮少看見其他的伯母、阿嬸，包括我自己的媽媽在內，有時間拿起報紙來看的，遑論一本本小說；她們總是忙於家務。

記得有一次，我正看著副刊上李昂的小說〈人間世〉，講一個大學女生的愛情故事。大伯母也在旁翻著報紙，她忽然問我：「你在看這個？」「沒有啊！」我趕緊否認，同時把眼光移開。我有點兒心虛，因為那篇小說的重點是女主角和男朋友在學校宿舍發生「超友誼」關係，我怕大伯母知道我在看這種「不正經」的東西。那年，我才十一、二歲吧！

大伯母不只看書，她還看戲、聽戲。那時，祖母、她，帶著稚齡的我，祖孫三人去附近的「中正堂」看電影，也隨著歌仔戲團到處「衝州撞府」，走到哪兒看到哪兒。而後收音機普遍，也常常在午後，和她兩位一起聽廣播歌仔戲，〈薛平貴與王寶釧〉是我記得最熟的戲碼。後來，家裡有了電視，客廳便是我們三代人的勢力範圍，我們總是一直看到「唱國歌」（收播）才肯罷休。曾經有個鄰居也想來湊個熱鬧，進屋一看，我們祖孫三人都在打瞌睡，她只好摸摸鼻子走了。又有一次，我們隨祖母回鄉下吃拜拜，飯後小憩，我在牀上翻來覆去，甚是無聊。大伯母便向主人詢問，有無收音機、報紙的，她說：「阮這個囡仔，沒有這些就待不住。」

大伯母稱「阮這個囡仔」時，是飽含情感的。不知為什麼，從有記憶以來，我就是叫她「阿媽」，而不是一般稱呼的「阿姆」（大伯母）。媽媽跟我說，那是因為當時她還在工廠上班，由大伯母照顧我這個小娃兒。奇怪的是，我會開口講話以後，就叫她「阿媽」，彷彿把她當成另一個媽媽似的。而因我這麼叫，底下的弟、妹、及堂兄弟，也都跟著這麼叫。連她自己的孩子，起先都叫她「瞇仔」（臺語發音）——因為大伯母是單眼皮，眼睛較細長，很多人都這麼叫她，堂兄姊不懂事，也跟著別人叫她綽號，直到我叫她「阿媽」，三個堂兄姊才改口叫她「阿媽」。

在童年的印象中，大伯母的影像總是和祖母一同出現，而大伯父始終是缺席的。待我稍微長大，才知道大伯父另外有個家，那便是大人們經常小聲談論著，一看到大伯母便立刻噤聲的話題。曾經，大伯父邀請我們去那個家吃飯，我把那裡的「阿姨」的臉記得牢牢的，肥胖的身軀，加上滿臉的坑疤，一點兒也不比大伯母好看，大伯父怎會喜歡上她呢？聽說是因為她幫助了大伯父的事業，是嗎？那大伯母算什麼？在我童稚的心靈裡，隱然有著打抱不平之意。那次聚會，缺席的反而是大伯母了。

以我的眼光看，大伯父和大伯母才是「速配」的一對。大伯父也算是帥哥一個，經常戴著鴨舌帽，披白色風衣，很有大老闆的架勢。他做的是建築鋼筋，鼎盛時期手下有近百名工人。大伯母甚得祖母喜愛，又一連為丈夫生下兩個男孩，不能不說是賢淑婦人了。這樁姻緣的裂縫到底出在哪裡呢？堂姊排行老三，而那個「阿姨」的大女兒則比堂姊小一、二歲，兩個女孩面貌神情頗為相似，但她們的母親，卻從此走上相反的命運之路。

大伯母喜歡讀書看報，堪稱那個時代的「知識女性」，但命運乖舛，身為童養媳，卻遭丈夫遺棄。婆婆的疼愛、叔侄的敬重、乃至子女的孝順，似乎都彌補不了這個缺憾。她與大伯父本是佳偶，後來形同陌路，連同坐一處、同在一個廳堂裡都不願意。等到大伯母去世時，大伯父已經中風，拄著枴杖，不能言語，只有眼角含著淚水，凝視躺在棺底的她。大人們仍然在背後竊竊私語，而我只想問，他可曾說聲抱歉！

大伯母亡於宿疾。她看起來高大，卻經常佝僂著身子，尤其冬天的夜晚，常常蜷縮在沙發椅上，咻咻喘著。有時夜深人靜，仍然聽到她「咕嚕咕嚕」的喘息聲，這個病叫「嗄龜」（哮喘），怎麼也治不好。那時，後院種了一盆曇花，我們管它叫「瓊花」，因為聽說冰糖煮瓊花可以治哮喘，我們便經常守望它，像仙童守著靈芝草一樣，希望它開花，好拿來熬汁治病。

一年一年等過去，瓊花不曾開，大伯母的哮喘年年冬天都犯。有次堂姊出外遠遊，寫信回來，還特別關照我注意大伯母的哮喘。但，瓊花就是不開。

終於有一天傍晚，我們發現瓊花長出好幾個花苞，紅色細嫩的花萼托著潔白的花苞，孕育著美好的夢想。我們特地把它搬到客廳，放在供桌上，好幾朵瓊花由小而大，次第開放，我們可是守了一整夜呢！當霞光晶瑩的花瓣開展，吐出幽幽的香氣時，大人們說著：拿來煮薑絲瘦肉湯，味道不錯哦！熬冰糖啦，給「瞇仔」「吃」嗽啦，恰免嗽個咻咻叫……。

大人們開玩笑似的，七嘴八舌。而瓊花，終究耐不住俗世的喧嚷，在黎明前悄悄凋謝了。

第二天，瓊花真的是凋謝了。又有人說，應該趁它還沒有綻開前，摘下花苞去熬湯，才有效。到底是錯過了機會，還是沒有去試一試？大伯母的哮喘連西醫都治不好，最後也是因此而過世。所幸「去」得很快，沒有病榻纏綿之苦。大人們說，那是因為大伯母後來信佛念經，修得了好因果。

如今，在淒寒的冬夜裡，我仍然時常想起我的「阿媽」，和那個瓊花吐蕊的夜晚。在那之後，我才從書本上學到「曇花一現」的成語，也才知是用來形容偶見即逝的美好事物。大伯母年過六十，不算短壽，但疾病以及婚姻的弊害卻長伴終生。「曇花一現」的，是無憂的少女時代，還是甜蜜的「送作堆」時光，抑或是捧著小說、馳騁於文字世界的當下？

瓊花不能醫治大伯母的哮喘，瓊花只能為我的「阿媽」發出無聲的歎息。

原載於一九九八年十二月十九日《中央日報・副刊》

手錶記

我的第一只手錶是小學六年級時得到的。那其實是父親的舊錶，裝修之後，拿給我佩帶。可鬆緊的白鐵錶帶，錶面大約像現在十元硬幣那麼大，已經有點兒黃斑在上面。這個老舊的男用錶戴在小女生手腕上，確實顯得突兀。我一方面喜歡它，一方面又怕引起同學的側目。

果然，去到學校，立刻引來同學圍觀。民國六十三年的歲月，手錶仍是很珍貴的，尤其對小學生而言，一班五十人裡面，只有一、二人有手錶。

「哇！手錶吔！」

「準嗎？現在幾點了？」

同學七嘴八舌討論著，我也忍不住吐露興奮的言語：

「當然準了。我媽媽特地拿到錶店校正過的。而且我爸爸都用過十幾年了，從來沒有出毛病……。」

「你爸爸的？難怪，這麼大。」

「哈哈，女生戴男生的錶！」

「幹嘛笑人家？總比你沒有好！」

上課鐘響，這場手錶的笑鬧才算終止。我努力平復自己的情緒，耳邊聽到的不是老師講課的聲音，卻是那一聲聲的「哈哈，女生戴男生的錶！」我把眼光瞄向好友小慧的手腕上，她早已有只錶，錶面非常小巧，就像一個指甲片那麼大，配上真皮錶帶，是一只秀氣的淑女錶。

那才是女生戴的。我心底泛起一陣辛酸，可是也不敢跟任何人提起。畢竟，能夠擁有一只手錶，雖然是舊的，雖然是男用的——總比沒有好！

後來，我開始注意周圍女性長輩的手錶。不知道是否潛意識裡希望從那裡接收一只女用錶。我也才發現，母親似乎一直沒有戴手錶。

母親說，是有過一只方型女錶，可惜從前有次抱著我時，錶帶鬆脫，就這麼掉了，也不知道掉哪兒去。

我聽了更加悵然，如果不是這樣，我所接收的，應該就是那只方型的女錶，方型的，多與眾不同，想必比圓型的更加高貴別致。

外婆的手上倒是戴了一只圓型的女錶，銀灰色的，看起來也歷史悠久的樣子。老實說，我是有點兒覬覦那只錶。

有天，外婆突然拉著我的左手，抬起來看了看，說：「女孩子家戴這麼個大手錶，你爸爸給的？」我點點頭，不曉得她用意何在。她移過目光看著自己的手錶，這動作使我怦然心動。「可惜，外婆這只錶也舊了，不準了，不然就可以給你。沒關係，以後長大自己賺錢再買新的。」她一邊說，一邊拍著我的手背，露出十分慈愛的笑容。

我因為希望落空而悻悻然，但外婆和藹的言詞和笑容，卻使我寬慰不少。就把這當成是我心底的祕密吧，直到我真的能夠自己賺錢買錶，否則我誰也不說。

上了國中以後，我得到第二只手錶。仍然是舊錶，卻是我夢想已久的淑女錶。白K錶帶，圓型錶殼，錶面是綠色的。這個顏色，使我認定這錶是個吉祥的象徵，因為北一女的制服也是綠色的，戴著它，彷彿離第一志願的名校不遠了。

這只吉祥錶果然伴我金榜題名。綠制服配綠手錶，真是「帥」呀！

這只錶來自於我的二堂嫂，那時她剛和堂哥訂婚。聘禮中有一只嶄新的女錶，堂哥對新娘子說：「新的給你，舊的給我。我家堂妹到現在還沒有像樣的手錶。」堂哥把手錶交給我時，我幾乎要跳了起來——雖然是舊錶，可是是女用的，正符合我的渴求。那天夜裡，我盯著綠色的錶面發呆，錶面有點兒螢光反射，像黑暗中的一顆綠寶石。我反覆思索，平日看起來粗枝大葉的堂哥，怎麼會注意到我的手錶？

高三那年，我又得到一只錶，這是第三只了。

第三只錶，還是個舊錶，只不過是個很新的舊錶，才用過半年而已。某個親戚戴著戴著，忘記擱在哪兒，以為遺失了，就重新買錶。新錶買回來了，倒又在抽屜找到舊錶，所以就轉送給我。

現在，我一下子擁有兩只手錶了。母親教我戴比較新的那只，更舊的綠錶就收到抽屜裡。

第三只手錶伴我進入大學，那已是民國七十年代。其實早在高中時，全班幾乎人人都有手錶。到了大學，幾位家境富裕同學，或是比較時髦的同學，也都擁有二只以上的手錶。甚至還有女同學故意戴著特大圓型潛水錶，以表現她們「巾幗不讓鬚眉」的帥氣。

最拉風的是電子錶，數字螢幕和各種計時功能，戴的人可神氣呢！

也在這個時候，我才真正擁有一只「新」錶。大四那年的農曆新年，父親手頭上突然有一筆盈餘，於是決定給全家人都買只新錶作紀念。記得踏入鐘錶店的剎那，老闆放電般的眼神，也點燃了我多年潛藏的夢想，我就要選購一只自己喜歡的、精美又耐用的新手錶！

嚴格說來，民國七十三年，我二十二歲，才擁有第一只真正屬於自己的手錶。這只錶是方型的，黑底白點的錶面，我第一眼便看上它——因為它就像我想像中，母親因為抱著幼小的我而遺失的那只錶，現在終於把「它」找回來了，日夜都戴在我的手上。

我拾回一只想像中的錶，也拾回一顆童心。

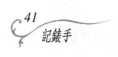

這只錶足足伴我十年，直到八十三年的某天，我把錶放在衣服口袋，洗衣時忘了取出，才使得它「壽終正寢」，被放進抽屜裡。為此我懊惱了半天，我原本期待，它可以伴我至少二十年，至少再傳給我的女兒使用。

職是，在距離擁有第一只（舊）錶的二十年後，在用壞第一只新錶的十年後，我才用自己賺的錢買下一只錶——這時我已經是大學副教授了。我周圍的朋友，譬如做貿易的某某，手上早就是卡迪亞、勞力士等名牌，有幾對夫妻檔更是「名錶成雙」——手錶，在邁入九十年代的社會，已不是計時的用具了。

當我說起這一連串手錶的故事，旁人紛表不可思議。怎麼可能十年都用舊錶？怎麼可能一個新錶用十年？更叫人疑惑的是，不管何時，我永遠「只有」一只手錶——朋友說，你也未免太「死忠」了，又不是什麼名牌，就算名牌，也可以幾個輪流戴呀！其實也不用名牌，電子錶、卡通錶、造型錶，滿街隨處可見的手錶專櫃或是地攤貨，手錶就像雨傘一樣，是個「身外之物」，隨時可買，隨時可換、可丟！

我想，我只是念舊，我眷戀「只有」一個手錶的年代。

原載於一九九九年八月十六日《中央日報・副刊》

好時光唱片行

我在這裡徘徊很久了，為了尋找一卷老歌錄音帶。

叫我疑惑的是，不只我要找的歌星、唱片行名稱不在貨架的標題列上，連「錄音帶」這種東西好像也已經絕種了，在這家叫「好時光唱片行」的店裡。我並不是什麼古董迷，專門搜尋七十八轉（或是三十八轉）的老唱片，外加必須用手搖動，有個大喇叭的古典留聲機；我也不至於蠢到不知道「唱片行」不賣「唱片」，但是，錄音帶呢？難道「唱片行」也已經不賣了嗎？那這些四方而扁的透明匣，又叫什麼來著？

一個店員笑瞇瞇地走了過來，她穿著銀色系的服裝，頭上還掛著耳機天線。她的淡綠色眼影、暗紫色唇膏，叫我不得不相信，她是個外星人，因為飛碟故障，所以暫時來地球打工。「需要什麼嗎？」還好，她會說中文。我說明來意，她依然笑瞇瞇地說：「跟我來。錄音帶都在樓上。」

原來如此。不過，樓上滿滿兩面牆，錄音帶也只是佔了四分之一不到。為了看清楚些，我掏出近視三百度的眼鏡戴上。這才發現，其他看起來四方而扁的，並不是我以為的「新型錄音帶」，根本它就有個響亮的名詞：C、D，懂了吧，井底之蛙！隨後，我找到了我要的老歌錄音帶，也發現更多的老歌CD。

圓盤唱片、錄音帶和CD，我恰恰屬於那中間的一代。但是只要我一到KTV點歌，我的世代就自動往上升級，屬於「群星會」的那一層。「生命如花籃，需要花妝扮」，「月兒像檸檬，淡淡的掛天空」，青山婉曲，姚蘇蓉楊小萍，我的歌唱記憶裡盡是這些老歌星的名號。再往下一點，是謝雷的〈阿哥哥〉、五花瓣合唱團的〈媽媽呀送我一個吉他〉，鄧麗君的〈晶晶〉，我也趕上了。而這些歌曲，全都是從橘色和綠色的塑膠唱片裡播放出來的，在一座像小房子的「電唱機」裡轉呀轉的，兩旁還有五彩的小燈泡跟著節奏，忽快忽慢地閃爍著。那時，我才小學生的年紀吧，或者更小；那是愛唱歌的年齡，而且學習能力超強的時候。我甚至還自己看著簡譜的歌本，學會唱〈紫丁香〉！周璇、白光我不認識，可是有時竟也可以哼那麼兩句。就是這樣，以致現在偶爾點歌，我都和長我二十多歲的婆婆「有志一同」：「〈夜來香〉，誰的？」「我！」我和婆婆不約而同出聲應答，久而久之，也就有了默契，各執一支麥克風，婆媳同唱，宛如「大小百合」。

除了這些國語老歌，臺語老歌我也唱。〈望春風〉、〈白牡丹〉、〈燒肉粽〉、〈港都夜雨〉、〈月夜愁〉、〈青春嶺〉……，不知道自己怎麼學會這些歌曲的，也許是母語的關係，反正聽聽就會了。不然，就是鳳飛飛的功勞！

有趣的是，不管是國語還是臺語，不管是歡樂還是悲傷的歌曲，也不管是哥哥妹妹我愛你，還是藍天白雲好風光的內容，小小年紀的我模仿起那流俗的腔調，還真是渾然忘我，以為自己就是那深閨怨婦，或是投筆從戎的大帥哥。猶記得一個雨夜，偶然的失眠，我隨意哼起〈港都夜雨〉：「今夜又是風雨綿綿異鄉的都市……」天啊，我真的有那種遊子他鄉、漂泊無根的感覺。那時，我不過是十歲的小女生吧！

仔細回想，由於家裡堂哥堂姐年紀比我大了許多，電唱機和唱片大概都是由他們去張羅。而民國五、六十年代的臺灣，又怎能缺少英文歌曲和熱門音樂呢？這自然又是堂哥堂姐的專利了。只是我當時不識ＡＢＣ，再加上堂姐拿著吉他自彈自唱時，總被大人罵著：「又在起猾了」，讓我也跟著「不齒」，自動疏遠。不過，偶爾跟著唱片鬼叫兩句："Say yes, my boy, be my love, be my love"，好像也蠻好玩的。"Say yes" 我是懂的，但為什麼要“my boy”——「賣播威」?這句聽起來很像臺語的「賣布的」，到底他葫蘆裡賣什麼藥啊?後來，又流行一首“Beautiful Sunday”，又是一串“Oh...my my my, It's a beautiful day.”“my”——「賣」個不停，難不成他星期天要去賣什麼狗皮膏藥?雖然，盡是些滑稽突梯的猜想，但至少我也學會了Sunday就是星期天，而且對「美麗的星期天」充滿了好奇和嚮往——當功課壓力愈來愈重時。

對流行歌曲的記憶，好像和堂哥堂姐有著密不可分的關係。印象最深刻的是，大堂哥要去當兵了，在家裡偷偷開舞會。那時，民國五十七年，舞會還是個禁忌，所以堂哥堂姐和他們的朋友玩得驚險刺激，我和其他堂弟妹則在一旁看得目瞪口呆。原來，把客廳的日光燈關掉，神桌上的光明燈還有裝飾的效果。堂哥又弄來一些彩帶亮片，在五燭光和輕音樂的襯托下，整個家好像變成快樂的天堂似的。堂哥他們在客廳起舞，我們這些小蘿蔔頭就在一門之隔的飯廳，有樣學樣。恰恰探戈布魯斯，妞妞阿哥哥統統有!有時摟腰，有時轉圈，有時又像「起㾀」，手腳亂擺亂動。感謝上帝媽祖婆，那天晚上警察沒來。否則，一掛未成年童男童女少男少女，鐵定把警察局擠爆!

真的很懷念童稚時聽歌、唱歌，連帶還有「舞會」的日子，那時候的我，多麼快樂無憂，而且不害羞，很敢開口唱歌。到現在我隨口哼出的，仍然是那個年代的曲子。記得有次課堂上舉例，「有一首流行歌，叫……」話還沒說完呢，學生苦笑著說：「老師，那已經是老歌了。」是嗎？什麼時候變成老歌的，我怎麼不知道？

不過，今天我可真的承認，我要買的，正是一卷鄧麗君的「懷念老歌」，有〈何日君再來〉、〈心有千千結〉的那卷。

我拿著錄音帶到櫃檯結帳。那個銀色系的外星人店員又走過來了。我指指她背後的那個櫃子：「那是什麼？更小型的CD嗎？」她說：「哦，那是MP。」

MP？我又錯過了新的產品嗎？

我拾回了一段好時光，在好時光唱片行。

我似乎也遺漏了一段好時光，在好時光唱片行。

原載於二〇〇二年一月十日《自由時報・副刊》

輯二　學院的天空

微風・早晨

有一首民歌這樣唱著，你聽過嗎？

早晨的微風，我們向遠處出發中，往事如煙，不要回首。晨霧瀰漫中，音樂在我心底響起，幕已開啟，別再憂愁。誰知我心中，何去何從？誰令我感動，遠離傷痛？早晨的微風，在心中……

在生活規律的中學時代，這樣的早晨，當然是純粹想像，為賦新詞強說愁的一種情懷。但不知為何，每當我回想起高三那年，為聯考而奮鬥的歲月，晚睡早起，那晨光中的琅琅書聲，總和這首〈微風往事〉互相唱和。

清晨的街道，人車稀疏，大地彷彿尚未完全甦醒。早班公車上，我才能有個靠窗的座位：平常公車內總擠得像沙丁魚罐頭似的。我把書包平放在膝頭，臉側向窗外，車子沿著和平東路直走，商店不多，辦公大樓的燈都還沒亮起。只有早餐店最忙碌，麵包店進出的人也多。沿路上來的，大多是學生，穿黑裙的高中女生和戴大盤帽的高中男生。這號公車，因為經過明星學校，所以也載滿了浪漫的傳說，屬於純純戀情的那種。

我靠著窗邊，享受晨風吹拂。旭日東昇，淡金色的陽光仍然溫和，我瞇著眼看遠方，墜入自己的幻想中。

聽說林她們因為經常去東吳城區部打球，所以認識了一票建中男生。陳因為是校刊社的編輯，所以和「友校」的主編很熟。吳在國樂社，手上常有附中音樂會的票。劉毅英文補習班裡，多的是「眉目傳情」的小道消息……。

這些愛情耳語，即使主角不是自己，聽起來還是一樣興奮刺激。特別是「別人的故事」，更引起好奇。在那段「考上大學是人生唯一目標」的日子，老師每每說：「考上大學，再談戀愛也不遲。」「高三，苦一年，大學由你玩四年。」然而這種教條標語，怎能抵擋愛情的誘惑？賈寶玉認識林黛玉，幾歲？羅密歐愛上茱麗葉，幾歲？

可是話說回來，此時最大的冒險，也不過是看一場電影，吃一碗蜜豆冰；到了高三，交換幾張模擬考試題罷了！那短暫而破碎的相處時間，不成交談的交談，已經是夠咀嚼好久好久，久到一輩子都可能忘不了——如果那算是初戀的話。

高三的日子，表面波紋不興，人人埋首書堆。其實，對愛的想像與期待，已然累聚能量，只待狂飆奔放的一日。

然而這樣的心情，是隱密的，也是集體的。因為要專心準備考大學，這些情緒便只能像沙漏似的，一點一滴滲透下去，成為生命底層極不穩定的祕密基地。而祕密是藏不住的，會被人偷窺，自己也渴望與人分享。在遮掩與淡嘗之間，遂產生莫大的喜悅，而且像瘟疫一樣，傳染給外圍的人。

「我會考上大學嗎？」問著這樣的話時，其實暗示著：「我會找到一段美麗的愛情嗎？」在練習用2B鉛筆塗滿ABCDE的空格時，彷彿也正在試探人生的另一種可能。

日子進入六月以後，聯考的壓力更加沉重，而且迫切。必須早起的我，仍然背著書包，趕搭早班公車。學校已停課，但我們幾個熟識的同學約好都到學校自習。

早讀時間，晨風透過窗欞吹來，令人感到沁涼。因為坐向的關係，整棟教室恰好被陰影遮蔽，所以即使已是初夏，仍然感覺清幽無比。第一堂課開始後，除了下課時間的喧譁，其餘時間都是靜悄悄的，彷彿全校師生都知道我們的需求。偶爾傳來的英文朗誦聲，或是合唱曲，倒成了叫醒瞌睡蟲的妙方。猛睜開眼，又繼續演算數學公式。

在這樣的氣氛下，愛情的氣味突然消失得無影無蹤，不再有人去挑起這個話題；即使不小心哼著那支“Love story”的英文歌。相反的，有人開始說：聽說學英文不一定要念外文系。又有人問：圖書館系是管借書的嗎？中文系一定沒出路？還是念商學院比較好？

淡金色的陽光灑在窗前的盆景上，片片綠葉點綴了點點金光。我依舊眼看遠方，不曉得自己把中文系放在第一志願是不是太冒險？而我的好友礙於父母之命，放棄文組，一律填上法商學系。

「我會考上第一志願嗎？」問著這話時，眼前只是一片茫然。對大學的憧憬，不敢想得太仔細，怕擾亂了心情，反而患得患失。於是我寫一張卡片。畫好三十格，自六月一日起，每過完一天——讀書充實的一天，便塗去一格。日復一日，沉穩篤實，我塗滿整整三十格，然後披掛上陣，迎向七月一日的挑戰……。

早晨的微風，在心中。晨霧瀰漫中，多感動，不回首，別再憂愁……

在記憶中，總有這麼一首歌唱著。微風往事，對大學和愛情的嚮往，都在微風中輕唱。

每個微風的早晨，都使我頻頻回首，那段高三人的歲月。

原載於一九九九年十月《幼獅文藝五五〇期》

女生研究室

不知道為什麼，它就叫做女生研究室。

大概這裡面就只安排了讀書的座位給中文、歷史兩個研究所的女生。男生當然也是可以出入的，只是當他們知道這間特別稱為女生研究室時，他們就不好意思直闖進來。有事，在窗口輕喚一聲，要不就約在樓下的研究室見面。

喔，我忘了告訴你，女生研究室在二樓，樓下也有一間研究室，不過那可不叫男生研究室，就只稱為研究生研究室，凡中文研究所的學生都可以進出使用。

你可能有點兒搞糊塗了，讓我再說清楚一點。

在文學院的西側，山櫻花開得最遲的那一邊，天井有一棵老榕樹的那一棟，其中的第……第幾間呢？這我倒是沒注意過，反正從中間的樓梯上去，二樓右轉就是女生研究室。

室內空間不大，進門來是一座書櫥兼屏風，上面貼著幾張佈告，外加訪客留言。往裡走，一排書桌面牆，兩排書桌面對面，靠窗的特別座也是兩張書桌相對，總共十來個座位吧，有的書桌邊還倚著小茶几、活動書架；書桌上除了書籍文具，偶爾插上一瓶鮮花或幾根乾芒草——這是唯一比較像「女生」研究室的地方：在硬繃繃的高文典冊之外，有那麼一點點溫柔的女性色彩。

那時候，我剛考進研究所。在研究生研究室看書時，常有高班的學姐不知從哪兒走來，彼此聊一聊，然後又飄飄然離去。我有時不免錯覺她們是聊齋裡的女鬼狐仙，琴棋書畫之外，靈秀端莊的氣質，任是無情也動人——只可惜我也是個女的，不是落難的書生。我更覺得納悶，她們是上課去了，或者去圖書館？為什麼來去自如，也不需要留在這裡看書、吃便當？

後來才知道碩士班二年級之後，女生可以「更上層樓」，在樓上的女生研究室選配座位。因為文學院本就是陰盛陽衰，到了研究所仍然女多於男，於是女研究生才享有這麼個小小的空間。

我好盼望這一天趕快到來，可以和更多學姐、更多女生「賴」在一起，讀書、討論功課、閒聊，什麼都好。

當這一天來臨，讓我回想一下，是碩士班二年級吧。九月剛開學，學姐帶著我們打掃，把桌椅、門窗和地板刷洗乾淨，順便整理雜物。半天下來，一切煥然如新。這整潔的習慣似乎是女性特有的，如果沒有參加打掃，每週的倒垃圾，就要多輪值一次。此法行之有年，從不曾有異議。有次有個女同學實在沒時間來打掃，就買了零嘴兒請客，慰勞大家的辛勞。當然，垃圾還是照樣要多倒一次的。

女生研究室的好，好在哪裡呢？我揀幾樣說給你聽聽。

冬天，電壺會冒出陣陣麥茶香，唱出溫暖的曲調；秋天，不知誰帶隊去校園打橄欖，洗淨煮好或者用糖醃漬，裝在玻璃瓶裡，隨時任君品嘗。夏天，因為正值暑假，大夥兒回家避暑，所以乏善可陳。春天，可以從校門口一路撿杜鵑花的花瓣，然後串起來掛在窗口。這兒不流行黛玉葬花，只是貪婪的享受比大學生多出來的幾個春天。

一天裡最熱鬧的時光是中午，大夥兒打開便當享用，一邊閒聊說笑。而我最愛午後的假寐，歪在靠窗的長椅上，瞇眼看綠紗窗外綠樹幾棵，剎時覺得整個時空都是慵慵懶懶的。海棠春睡啊!?別用這種男性的眼光看我。書香為伴，和衣而眠，女性的軀體與靈魂在這兒總算有個安頓。

你忍不住插嘴問我，那這兒出入的個個都是才女囉——古典的、溫柔的、宜室宜家，李清照（還有誰呢？我怎麼想不起來了。）之類的。也許是吧，長裙長髮的形象不正是最好的證明，不像××系所的女生，短裙短髮，外加一串金銀銅鐵的耳環，動不動就要「修理」一下佛洛依德，以顯「雌」威。我們這些才女，無論曾經如何撒嬌撒野，仍舊是孔子孟子、杜甫李白的乖女兒乖侄女，不敢造次。當我慎重寫下「溫柔敦厚」的四字詩教，請不要笑我不合時宜，追求這樣的境界並不可恥，尤其在這個人人用高分貝叫囂的時代。

你是不是心動了，想參觀我們的女生研究室？不急不急，先吃一塊喜餅再說。

這是某個學姐訂婚的喜糖和喜餅，戴著緞帶花的心型透明盒裡裝著金銀朱紫的巧克力酒糖，圓圓滿滿的鐵盒子裡盡是精巧可口的西式小餅乾，若要喝茶喝咖啡，請自己到小茶几上取用。也不知道從誰開始，訂了婚的，翌日就帶一份喜糖喜餅與大家分享，過一陣子，捧來一本厚厚的結婚照，供眾家姐妹品頭論足一番。那新郎大部分也是大家熟識的，至少也先經過幾個手帕交鑑定許可的。結了婚的學姐，還是會繼續待在女生研究室，直到她取得學位；畢業證書，才是女生研究室的出關證，結婚證書？不是。

「可是——」

你別急，我知道你要說什麼。你要說，婚姻不是女性最重要的出路，「男有分，女有歸」的思想早該被淘汰。既然身為知識女性，就應該要積極發揮自我的事業。

我非常同意。只是，愛情不是人生的糖衣，也不是毒藥。婚姻是枷鎖，也是一座可經營的莊園。愛與婚姻有時是可遇不可求，既然遇上了，就抬頭挺胸迎接吧。婚姻叫人厭煩與焦慮的原因是旁人過度的關心，並且用唯一的標準衡量所有的人。譬如，某個女研究生一直沒有男朋友，旁人從不斷探問到不敢問，不結婚彷彿成了她的缺點與忌諱。又如，在這個女生研究室裡，曾經有個曖昧的傳聞：某二位博士班女研究生因受不了家人一再催促相親結婚，於是先後自殺——她們是「殉情」，人們繪聲繪影的說。我寧可相信學術與婚姻並不衝突，衝突的是人們對婚姻的成見。如果我們懂得尊重與祝福，以平常心看待結不結婚的問題，不苛求女性在婚姻中的完美角色，我想無數個「她」才能夠真正發揮所學。

太嚴肅了，你說，還是帶我去看看女生研究室吧。這裡的女研究生，也許將來仍持續學術研究，成為傑出的女性學者，也許取得學位，另謀出路。但，她們都在這裡度過一段清平歲月：青春、自由與專注。

但是我，但是我必須跟你說抱歉，這樣的研究室已經不存在了。因為文學院空間重新規劃，女生研究室已經遁入歷史，或者傳說。我只能請你進來我現在的研究室：這裡有四位女性的教授、副教授，你說，這是不是另一間女生研究室？

原載於二〇〇一年四月二十七日《中央日報・副刊》

茉莉的早晨

那日，你在我桌上放一束初夏的茉莉。

連枝帶葉，又香又白的花苞睡在綠色的枝椏上。

那是早晨，晨風拂動，小白花悠悠醒來，默默吐露少女的心事，清香幽幽，近於綠色的聯想。

其實整個教室都是綠色的。教室在二樓，一樓空地闢做游泳池。水光反射到二樓窗臺，透過草綠色的百葉窗簾，整個教室因而搖晃著綠色的光影，深深淺淺，或明或暗，如碧波盪漾，間亦有波光粼粼──映在我們綠衣黑裙的裝扮上，平添幾許逸趣。

因為這一身綠制服，整個高中生活彷彿也是綠色。記得有位老師告訴我們，早期日據時期的制服猶是白衣黑裙，而為了躲避空襲，每人須自備綠色布巾一塊，以便躲警報時，和周圍的綠色稻田融為一色，藉以掩護。後來，習慣成自然，就直接改為綠襯衫了。

是耶，非耶？反正就這麼著，綠衣、綠園，大多數國中女生嚮往的學校，而你我曾經是其中一棵不起眼的小草，隨風偃仰。

在綠園的時光，快樂、自由。也許有人懷疑，在升學主義作祟下，怎麼可能有天堂歲月？但我的確如此感覺。在這段高中生涯，我提前享受了大學般的自由開放，也學會獨立自主，安排自己的時間和未來。經過國中三年的「苦讀」，在這裡，突然鬆了綁，沒有補習，沒有課後輔導，連考試都少得可憐——只有月考和期末考！讀書是自己的事，考大學也是自己的事——儘管有人談戀愛、迷社團，到了高三非常時期，一個個自動歸隊，成為同甘共苦、並肩作戰的「親密戰友」，為自己理想中的科系奮鬥。

還記得高三那年的六月，我們都自願留校自習。每天，早早到了學校，寒暄幾句，便各就各位。偶爾覺得累了，才聊聊對大學的想像。大學，是不是另一支《未央歌》呢？我們從彼此的眼底，看到跳躍的光點，綠色的！

記憶是綠色襯底的，因為那一身的綠制服。閉起眼，我每每墜入綠色的時光隧道，在其中溯源泅泳，試圖找回一丁半點的，綠色的葉，綠色的香味。

那個早晨，你在我桌上放一束茉莉花。連枝帶葉，又香又白人人誇。

那應該是高二，還是高一？綠制服的顏色還很鮮嫩，像青蘋果般清新，像初夏的草原，已經冒出三吋，有一點點自己的思想和感覺。晨風輕拂，草原的清香，也是綠色的。

我想，是在高二吧。因為高二的教室在游泳池邊，雖是在二樓，一入六月，池畔已揚起夏天熱鬧的樂章。而你放下的茉莉，有如一方潔白寧靜的小手帕，在我桌上。

也可能是高三，因為自習的時候，望著綠色校園，望著一幅幅綠襯衫的背影，彷彿也可嗅到綠葉的氣息。當你回眸一笑，展露紅唇皓齒；那紅，是少女的嬌美；那白，有如茉莉的幽香。

當你放一束茉莉在我桌上，便是放一段青春歲月，在我心上。

原載於一九九九年七月二十日《自由時報・副刊》

第一次的舞會

第一次參加舞會，我興奮得睡不著覺。

早在一星期前，我就和同伴們商量，要穿什麼衣服，梳什麼髮型。聽說鞋子的搭配也很重要，我們穿慣的平底鞋，鐵定進不了場，一定要穿高跟鞋！最好找到灰姑娘那雙玻璃鞋，這樣才有可能在午夜鐘響時，留下一個神祕的線索，讓白馬王子到夢中尋訪。

那是上大學後的第一次舞會，也是我至今唯一參加過的舞會，滿腦子的王子公主的夢想。剛剛留長的頭髮，正好梳成「公主頭」，繫上紅色蝴蝶結，美麗又大方。小圓領白色上衣，配一條花裙子，長長的，直到腳踝，剛好露出白色高跟鞋。鞋跟一吋半，不算高跟——我還是不敢冒險。而腰間的紅皮帶，則是從媽媽那裡借來的行頭，因為皮帶頭鑲有亮晶晶的水鑽，讓我全身上下，有了畫龍點睛的效用。臉上沒有化妝，連口紅也沒擦，因為青春的笑靨，已經勝過這些人工的裝飾。

晚上六點鐘，我們先約在校門口集合。每個人都打扮得很漂亮，而且神態優雅端莊，十足小公主的模樣。我們對自己都滿意極了。唯一擔心的是，會不會有人來邀舞，萬一踩到對方的腳怎麼辦？而且，我們根本就沒跳過舞啊！只是在電影裡看過，好像蠻簡單的，只要把左手搭在男生肩上，右手舉高讓他牽著，順著音樂的節拍，「一二三、一二三」這樣跳就行了。「千萬別跳吉魯巴，免得他把你甩得老遠，找不到路回來就糗了！」一個略有跳舞經驗的同伴這樣說，於是大家就圍著她問東問西的，臨時惡補華爾滋舞步。

六點三十分，我們準時到達舞會。地點是在學生活動中心的某個大教室。音響、燈光、彩帶、鮮花、海報……，就像電影裡的場景一樣，包括那輕微的煙幕，和角落小桌上的雞尾酒。

高年級的主持人簡單致詞後，「現在，我宣布：開舞！」

「鏘！登登滴滴休休休……」

怎麼會這樣？喇叭裡傳送出來的，不是優美的華爾滋，也不是什麼慢拍的抒情曲，竟然是電吉他，快節奏的熱門音樂？我們幾個面面相覷，旁邊也有幾個和我們相同表情的男生。但場子裡已經聚集了不少人，而且他們都穿襯衫牛仔褲，腳上套著球鞋，男生女生都一樣。他們跳得很快樂，我們卻愈加心慌，好像走錯了時空隧道，他們在二十世紀，而我們來自十九世紀。

「要不要走？」我們彼此使了個眼色。

「請問，要跳舞嗎？」沒想到在這時候，那幾個男生倒是走過來邀舞。那個叫我們不要跳吉魯巴的同伴先接受了，於是我們也就「既來之，則安之」，紛紛下場去跳舞了。跳這種熱門音樂的舞，是不是叫「踢死狗」呢？管他的，我偷偷瞄瞄周遭，每個人跳的都不一樣，而且好像是各跳各的，各得其所，不亦樂乎！我念頭一轉，也好，免除了和男生牽手搭肩的尷尬，也不用管眼睛要看哪裡才好。於是一曲又一曲，快速的節奏、巨大的音響，我們都跟著起舞，沒有男生來邀時，我們乾脆自己下場跳個痛快。

「現在，我們要播放最後一支舞了。請趕快找到你今晚最理想的舞伴。」

正當我們舞得香汗淋漓時，主持人突然用很感性很柔和的聲音說著，周遭的氣氛也變得不太一樣。

「多多咪嗦、登登……」聽起來像〈藍色多瑙河〉，我們終於等到原先的舞曲了。

可是，我頭髮已經凌亂，汗流浹背，腳也開始發痠。不過，這是最後一支舞了，一個陌生的男孩站在我面前，很有禮貌的伸出手來邀請。

我隨著男孩走入場中，依先前的練習，擺好姿勢。男孩的手繞過我的腰，扶在我的肩胛上。音樂已經開始了，我們跳得很笨拙，兩個人都在看自己的腳，一不小心，「對不起！」男孩先跟我道歉，也分不清誰踩了誰。但我明顯感覺，他的手抖得厲害，而我的手僵硬得和雕像一樣。

音樂終於停止了，舞會也跟著落幕。和我跳舞的男孩，一下子就跑回他的朋友堆裡，我連他的臉都沒看清楚。他也沒有問我叫什麼名字，是哪一系的。

晚上十點鐘，舞會真的結束了。我們跟著人群走向大門口，一路上談的不是哪個男生長得帥，而是我剛剛踩了別人幾次腳，或者，轉個身，舞伴卻換了個人——一點都不羅曼蒂克，反而是逗趣好笑。大家的結論是，童話都是假的，電影也是騙人的。下次，再也不參加舞會了。

這就是我的第一次舞會，灰姑娘的南瓜馬車和玻璃鞋，白馬王子和小公主的夢幻，全都破滅了。只剩下那「公主頭」和紅蝴蝶結，依然是我最愛的裝扮。整個大學四年，我經常梳著那樣的髮型，穿梭在圖書館和課堂間。舞會，已經是非常非常遙遠的事了。

原載於二〇〇一年十二月二十五日《國語日報副刊．少年文藝版》

明月夜

人生最美是少年。四季最美，在春天吧！

然而，少年與春天，何其短暫？所幸，還有無數個浪漫的月夜，可以慰藉多情的靈魂。

二十歲的時候，以為通過愛情，可以驗證自我，發揮生命的光華。更相信世間有不悔的執著，只要彼此貞定，就可以一生一世。

而今年過三十，愛情成了禁忌。不可說，不可解，也無處掛搭。形諸文字的，都可以偽裝，改造成別人的故事。最難掩飾的，卻是那倉皇的眼神，偶爾逼近，便洩漏了心底的祕密。

二十歲的時候，眼淚常常淌在風裡，任它風乾。「我本將心向明月，誰知明月照溝渠」，許多事，就這樣子徒留憾恨，幽幽怨怨的心，恰如月下含愁吐蕊的花樹。

而今年過三十，眼淚變成一種想望，什麼時候可以感動而落淚呢？「千江有水千江月，萬里無雲萬里天」，當遠離情愛的折磨，便是明心見性的契機。三十歲，是這樣的年齡：擁有人生的多寶格，愛情，鎖在最高的抽屜裡。

猶記得那個暑假，我們像著了魔似的，紛紛墜入愛情的網，有的人放棄多年的戀情，做新的抉擇；有的人放棄無謂的等待，奔赴另一個約會。更幸運的人是，彼此心儀，終於互相表白，共沐一片溫柔的月光。

那個暑假，鳳凰花開得特別紅豔，如青春之火燎原。是因為大三結束，即將邁入大學最後一年的歲月吧！想要緊緊抓住青春的尾巴，趕上最後一班愛情列車，我們便前仆後繼地成為愛情的忠實信徒，謳歌、頌讚。我們一度奏捷，終而挫敗，成為雲遊的苦吟詩人，傳唱愛情的美麗詩篇，卻不再相信它的真實。

燃燒的愛情，焰火四佈，縱被燒灼，也無可怨嗟。因為無處躲避，一切自然地來，又自然地去。

如何收藏這份感情？瞬間起滅，即將降溫，降到冰點以下的記憶，當冰雪覆蓋天地，何似白茫茫的月光。唯將遙遠的戀情寄放在冰河期，岩漿冷卻後的反撲，冰山，悄悄地碰撞，無聲無息。

二十歲的時候，以為人生最癡莫過於愛情。唯有「癡」，才能表現生命的真誠。當一個人為愛著迷，為情所困，乃至於渾然忘我、失去自己時，我們怎麼忍心苛責？那才是他生命最醇美的時刻。

而今年過三十，是否可以用「癡」當藉口，解釋自己莫名的煩惱？明月伴我無眠，月娘和看月的人一樣癡傻。

二十歲的時候，嚮往人生的「唯一」。生死相許之外，還要以全部的生命付諸關懷。也因此，渴求承諾，並且戮力實踐。二十歲，是用夢想、理想與承諾串連起來的珠鍊，不該藏在錦盒，應該佩帶在年輕光潔的肌膚上。

而今年過三十，生命的基調已然形成，旋律不只一種，許多樂譜等待合奏，獨對一輪明月，每一寸月光，都值得珍惜。

離別的人盼望重逢。十年的想念，長不長？然而用十年的時光去忘記一些人事，卻嫌太短。當面對故人，相逢相識否？記憶和感覺糅雜在一起，分不清是往事，還是重塑的回憶？那個令人驚心動魄的夏日，彷彿又回到眼前來，伴隨著嘹亮的蟬聲，清越的嘶鳴，再度燃起鳳凰木的火炬，在幽微的火光中，我們照見彼此，三十歲的形體，鑲嵌著二十歲的眼神。只是圓桌太遠，遠如隔岸天邊。

為什麼想及愛情，便需用火作媒介？冗長而無聊的宴飲，卻是一場倉促的重逢，來不及問好，來不及抱怨，來不及說出久藏的歉意。二十歲的離別，盼淚水澆熄心中的火焰。三十歲，重逢而後重別，我們需要重新構築記憶。

讓記憶歸零。焚燒最後一本日記，連一片紙灰也不要保留。解開最後一條絲巾，讓它飄飛在青空裡。粉碎最後一顆珍珠，連一滴粉末也不要保留。要留，只留一首最愛唱的歌，交給月娘重新去打譜。

人生何處不相逢？十年、二十年、三十年……無數個十年之後，故人安否？重逢時無言，別後海潮澎湃，故人知否？

人生最美是少年。我們的故事從夏天寫起，直到翌年的春天。再一個夏日，又是鳳凰花開，驪歌初唱時。大學畢業後，有人繼續創作的路，有人自文學出走，遠至數字金錢的國度。那悠悠少年情懷，何處尋覓？所幸，還有這一片漫漫月光，浸潤枯睡中的大地。多情人，只宜在明月夜相思，細訴衷情。

原載於一九九五年九月九日《自由時報・副刊》

文字因緣

夜深人靜，燈下的我仍然振筆疾書，筆尖劃過稿紙，沙沙作響。多年來，這習慣未曾改變；只不過，現在已改成在電腦螢幕前沉思，當指尖在鍵盤上飛舞，「克利！克利！」的聲響，讓我以為自己是一隻蟋蟀，正在編織一首小夜曲。

也許太專心了，我突然失神，大約三十秒的時間，才回過神來。我在想什麼？仔細回味，彷彿是來自心底的一個問話：你是怎樣愛上寫作的？

我想，這應該從鄰居家的報紙說起吧！

那時，我剛學會了注音符號和一些國字，但家裡除了課本，沒有其他的讀物，大人看的《徵信新聞》我又看不懂。然而我隱隱然渴望著什麼，把課本翻了又翻，連數學課本我都看得津津有味，把應用題的題目當成小故事來讀。

這天，我終於發現一座寶庫。我經常造訪的鄰居家，竟然有一種加注音的報紙，就是學校貼在公佈欄裡的《國語日報》。這戶鄰居在村子另一頭，他們的大女兒、二女兒和我是親密的玩伴，我去到那兒，就像在家裡一樣自在。既然他家有《國語日報》，我當然也不客氣的就看了起來。為了看報，我幾乎天天上他家報到。那時《國語日報》只有兩張，我先從小朋友的文章看起，最後連新聞報導、日日談也都一併囫圇吞棗。有時看得入迷，連天黑了，也不知道該回家吃晚飯。有時隔幾天才有空去看報，我還天真的問：

「前天的報紙呢？」

現在回想起來，我看報紙看到這種程度，當然引來抱怨。我感覺得出來。譬如鄰居媽媽，一方面嘉許我的好學精神，一方面也免不了藉機訓斥她的孩子；尤其隨著年級升高，她的孩子越來越不愛看報，這報紙竟似為我這個外人而訂的。而那兩個玩伴，有時也捉弄我，把報紙藏起來。但是文字的魔力，使我忘掉做人的分寸，忘掉別人不友善的眼光和言語，只求能閱讀到一篇篇有趣的故事、一篇篇精采的文章。

屈指而算，我竟然在這鄰居家看了六年的免費報紙，直到他們搬了家。這意味著整個小學六年，我的課外知識大多來自鄰居家——和他們的報紙。我逐漸顯露閱讀、寫作的興趣和長處，大約也由此而觸發。還記得六年級時為了參加全臺北市的國語文聽寫比賽、作文比賽，雖然知道鄰居一家已不太歡迎我，但仍硬著頭皮去借閱報紙，以便充分練習。無論如何，我對這戶鄰居至今都是感謝與懷念，沒有他們那份慷慨之誼，我的寫作能力一定遜色不少。

在貧苦的年代，除了報紙，字典也是我吸收知識的來源。

記得是一次月考成績優良，老師送給我一本《小學生字典》。我得到這份獎品，簡直如獲至寶，因為裡面有這麼多生字新詞、成語、專有名詞，在一個小學二年級的孩子眼中，它就像個百科全書一樣。我隨意翻開一頁，「寧為玉碎，不為瓦全」，是個我沒聽過的成語，我看了看辭條下的解釋，默默記了下來。又翻開另一頁，「石英」，我原以為是電視演員的名字，正感到疑惑，往下一讀，原來是礦石的一種。翻著翻著，我臨時起意，把我們兄弟姊妹四人的名字查了一遍，才知道我名字中的「苓」字是一種中藥，而妹妹的「雯」字，是美麗的彩霞。我覺得這個遊戲好玩極了，就繼續查老師和同學的名字涵義。認識的人都查完了，我就查電視明星……。

就這樣，這本《小學生字典》成了我的課外讀物。每次做完功課，我就拿出來東翻西翻，想出各種不同的查閱線索，自得其樂。現在想想，那時的我還真聰明，已經有「分類」和「索引」的概念。玩膩了，我就從某一頁連續讀個十幾頁，這樣也了解了同一部首的字。我覺得文字世界真是太有趣了，為什麼我知道的，字典裡都有，而字典裡的，還有這麼多我不知道的。

勤讀字典的結果是，我比同班同學懂得更多詞彙，辨字能力也強，成語更是一絕。每次考注音改錯，玩成語接龍，我都是遙遙領先。這麼說好像往自己臉上貼金，但對一個小學生來說，這真的讓人很自豪、驕傲。而累積了這些語文常識，寫起作文來，自然得心應手。後來我有機會代表學校參加各種語文競賽，字典可說是一大功臣。其實翻閱一些作家故事，不少人小時候都喜歡讀字典，像現代詩人蘇紹連、陳大為等；而很榮幸的，我也有同樣的嗜好。沒想到吧！看似不起眼的字典，也可以成為寫作的啟蒙。

閱讀，是寫作的預備工作。閱讀本身也就是一種樂趣。而廣泛的閱讀，不只侷限在書本，只要有文字的，都會吸引我的注意力。直到現在，路邊一塊奇特的招牌，報紙上一則有創意的文案，甚至公車上的小廣告，都會讓我多瞧它一眼，看看它寫些什麼。買東西回來，我一定仔細閱讀說明文字，一方面了解東西的用法，一方面也欣賞、批評它的文字是否通順。曾經看到一個旅居國外的作家寫著，因為遠離中文環境，所以連從中國城買回來的食品包裝都捨不得丟掉，那上面的中文說明，每每叫他讀得津津有味，激起鄉愁的漣漪。而我在臺灣，所聽所說所讀所寫，都是中文，仍然對文字如此著迷，只能說是「字癡」。在煮字療飢之外，也賞玩其味，像喜愛古董的人，永遠擺脫不了舊貨對他的呼喚。

「使沙漠美麗的，是它藏了一口井。」使寫作充滿魔力的，是它建構了文字的世界，那裡蘊藏了自然的神奇奧妙、人生的喜怒哀樂，只要你願意，隨時都可以優遊其中。

原載於二〇〇一年十二月二十一日《國語日報副刊・少年文藝版》

文學院的天空

這棟古老的紅磚建築，終於被列入三級古蹟了。經常進出的我，從學生到人師，不也將列入古老一族？

還記得那日的詞曲選課堂上，你和同學們輪流上臺報告。大三的學生了，講起詩詞典故，講起人生感懷，已經有那麼一點點中文人的架勢了。

曾經，我也是那個年紀，那個模樣，在文學裡先體會了人世的滄桑，然後，愛、怨、悲、喜，逐一的兌現。

我分心了，一邊聽著你們的報告，一邊墜入自己的思緒當中。直到鐘聲響起，下課了，我才把心思收回來，放走你和其他的同學。

下課後的你們總是特別活潑，那陣陣笑鬧聲，伴隨著腳步聲在長廊裡迴盪。我目送你們而去，那遠去的人語、背影，都彷彿是昨日的拓印，也像是剛剛才上演的「鬧學記」，或者，也將是未來的備忘錄。

「年年歲歲花相似，歲歲年年人不同」，我開始這樣想，這頭的我，遠處的你，是不是曾經共用一個靈魂的軀殼，在不同的世代體驗自己的青春滋味？

果真如此，多情如我者，是不是也可以邀請多情的你，在沒課的午後，一同重新、仔細地逛逛文學院，品題一下我們引以為傲的文學院的世界？

我終究沒有出聲喊你，你的日子是向前的，如同那急急離去的背影；而我，在努力向前的同時，卻又不時墜入回憶裡。

但我還是輕聲的喊你，如果你願意，請跟著我來。我們假裝是外來的遊客，從椰林大道走來，直到左手邊第二棟古色古香的建築前。

你跟來了嗎，我們要走進去了。

一踏進大門，玄關裡有兩個階梯，這提醒你不要一逕向前，要先靜定，抬頭看挑高的天花板，這會使你發出小小的讚歎：「好高哦，蠻涼快的。」然後是前方對稱而交錯的樓梯，引導你的目光節節向上，使你的精神也跟著提升。如果你不上樓，就站在原地，向左右兩邊的長廊望去，圓拱形的廊柱和窗子，一列列、一行行，就像影片裡的疊景，營造出寧靜而幽深的感覺。

這裡右手邊是外文系辦公室，而左手邊是教室，如果有人正在上課，你應該會看到很多的女學生，和一些些的男學生點綴。而想像中的，白髮皤皤，戴著黑框眼鏡的「老」教授，自然也在其中。不過，若是看到「俊男美女」型的年輕教授，也請別訝異，江山代有才人出，文學院的教授群，當然也有年輕新銳加入。再探頭看那黑板，上面可能寫著莎士比亞的〈哈姆雷特〉，也可能寫著杜甫的國破山河在。有時，羅馬帝國的興衰也會「軋」上一角，哲學系還沒遷出以前，這裡還會有柏拉圖和蘇格拉底的辯論。

再跟著我走，從最左邊的樓梯上樓。這裡雖是側門，但別有小巧的格局。尤其在樓梯的轉角處，設立一道門窗，原是方便到屋頂上清掃落葉淤泥，但因為玻璃可以透光，那透明的帷幕，便成了雲影天光的舞臺。晴天時湛藍，多雲時，雲朵偃仰，充滿動態之美。陰天則宛如一幅水墨，一層層墨黑直蓋上來，和遠處的白千層互相輝映，而雨點敲窗，雨滴沿著窗面流下，更增添了詩意的淒美。這扇窗轉個彎，二樓左邊就是中文系辦公室。

在二樓，你會擁有更寬廣的視野。你不妨再往中間走一點，如果有幸受邀到院長辦公室，那兒的陽臺，就是觀賞的最佳位置。而再過去，就是歷史系辦公室了。

站在這二樓的廊間，你可以看到椰林大道來往的人群，哪個同學談戀愛了，和情人牽手走過，可逃不出你的法眼。最美麗動人的，是杜鵑花盛開的時候，居高俯視，紅白交映，你才會明白，為什麼臺大有「花城」的美名。

沿著長廊逛一圈，你會發現這是個H字形的結構，有前後兩棟，而左右兩邊都有碧草如茵的天井。但是你一定要從會議室繞回來，從中間的樓梯下樓。這次，就不要走大門出去了，我帶你從小倉庫的穿堂穿過，小門邊一棵高大的印度黃檀，又名烏臼。它的葉子茂盛，枝枒開闊，幾乎佈滿這天井的天空。更令人陶醉的是，在春末，它會開細小的花，很香，引來蝴蝶飛舞。

你一定要從這個小門出去，為了這麼一棵美麗又有內涵的樹。

走出去，放心，你還沒有離開文學院。門前的這條小路，其實就傍著教室。你還可以悄悄瞄一瞄在上課的師生，如果你對那個清秀的倩影意猶未盡的話。而你可注意到，挨著這牆邊的，是一排什麼植物？比人高，深咖啡色的樹幹，簡單兩三岔的枝條，滿頭的綠蔭，我想你猜不出它是誰。直等到冬天掉光了葉子，早春時綻放點點緋紅，花蕊是向下的，所以它是——櫻花，猜對了沒？

通過這條山櫻花的小路，穿過一座雨廊，你真的走出了文學院。前方右手邊有個池塘，供你作最後的溫存。池塘本來栽睡蓮，只有大清早才看得見花開的姿容。後來改放朱銘的太極石雕，又是另一種味道。而我懷念的是，我大三時在前頭的大教室上裴普言老師的《詩經》課：「關關雎鳩，在河之洲。窈窕淑女，君子好逑」，「蒹葭蒼蒼，白露為霜。所謂伊人，在水一方」琅琅書聲，和著池畔微風吹拂，在教室裡的我已經進入另一個古典而深情的時空。

文學院，就是一座這麼美的建築。我還忘了告訴你周圍的欖仁樹。高大挺拔的欖仁，盛夏，它的濃蔭蔽天，秋天時葉子會變紅，掉落，等到春天才長出嫩綠的新葉。順著欖仁的葉稍仰望天空，你看到的是春去秋來，不斷循環的時間。

屈指而算，我從學生時代到忝為人師的今天，竟已超過二十年。幾度變遷，如今我的研究室就是當年上《詩經》課的大教室改裝的，窗外，正是一大片欖仁樹林。那個池塘離我的座位稍遠，但我一進門，就常常想起那帶著蓮花清香的微風。

二十年了，多情如我者，仍經常流連在每一個記憶的角落，循著文學院的階梯，文學院的門窗，文學院的天空，我找尋每個年輕時的自己。

謝謝你陪著我，我知道你一定會跟來的。因為每當我回頭，總看到了你會心的微笑，而你的眼眸中也一直映現著我——我的身影和文學院的天空。

原載於二〇〇二年五月十七日《自由時報・副刊》

掌燈

當天色昏暗，植物園裡只聽得颼颼的風聲。樹影依稀搖晃，三個學生和他們的國文老師，還在尋找一處可以登高遠望的土丘。

「老師，你為什麼唸中文系？」

「老師，為什麼要帶我們來參觀？」

「老師，……年輕時也曾浪漫嗎？」

學生你一言我一語地問著。因為歷史博物館舉辦「胡適百年誕辰紀念展」，這老師便領著學生來參觀。參觀完了，本想自己順便到附近荷塘走走，不意卻碰到幾個還沒散去的學生。入冬時節，滿塘殘荷枯葉，耳邊聽著學生直率的問話，心底卻浮起李商隱的詩句：「荷葉生時春恨生，荷葉枯時秋恨成……」此刻，竟有些許莫名的感傷了。

不是感歎年華老去，學生的話實叫人驚疑：「年輕時也曾浪漫嗎？」也許是初執教鞭，刻意收起平日的嘻笑，轉而以嚴肅的態度面對，於是尚未洩露年齡，他們已將我歸入「非年輕」之輩；還來不及提起大學時代的趣事，他們早早懷疑我是個古板的人。但，那些問話，卻是多麼單純而敏感啊！

還記得課堂上，講解《史記．伯夷列傳》：「貪夫徇財，烈士徇名，夸者死權，眾庶馮生。」問他們「要做何種人，欣賞何種人？」在一片沉寂中，卻冒出一個聲音：

「那老師是哪一種人？」

這一問，可是理直氣壯，瞧，全班一百多隻眼睛都注視著臺上的我。既然質問他們的價值觀；他們定也要盤查老師的「底細」，追究老師的人生怎樣走過這一遭，不容許為師的有所遁逃。

莫怪乎他們懷疑。回想當年的自己，不也覺得臺上的老師個個「道貌岸然」，很難想像他們的青春歲月是多麼的光采、飛揚。然而，多久了，不曾問自己：是什麼樣的人？要做什麼事？某次聚會上，老同學半開玩笑的指出：「這是我們班的『女學究』。」什麼時候我從「才女」的行列跳槽到「女學究」？愕然之餘，不禁莞爾，畢竟這一頂頭銜，也不是平白落下。從「風花雪月」的文學世界，到「皓首窮經」的學術領域，「女學究」

乃必須割捨諸多雜念，才能「證道成佛」啊！

然而喜好文學的，豈能一日忘情？是以在正課之前，我總要準備一、二首古今詩詞，梳通詮釋，期盼學生能心領神會，揣摩箇中情味。有道是：經師易為，人師難為；這都不是初出茅廬的我敢奢求的。在描繪一個個文學史上的典型人物之後，在剖析一件件如戲的人生情事之餘，我很願意拋下「老師」的矜持，放開自己，展現一個喜好文學的人的樣貌。也許，這樣出於至誠，傳遞一些人生經驗，分享心靈的喜悅，是我可以期勉於自己的吧。

那天，我們終究沒找到可以登高的土丘。是我叫學生不要找了，就這樣隨意走走也好。閒談中，我看見九重葛花廊下的路燈一個個亮了，一排燈海，十分光明溫暖。就招他們從這頭走過去。

學生腳快，我落在後頭。他們互相談笑著，我彷彿暫時抽身事外，得以欣賞這廊亭蜿蜒，更見迂迴曲折的趣味。人生的路，和這個是十分相像的。闊直有闊直的美，迂曲也有迂曲的妙。

然而當暮色漸深，人生的路，誰來為我們點燈？

我幾近在踱步。望著他們活潑的身影，在廊柱下，不禁咀嚼起初為人師的甘苦，以及那毫不保留的問話：「年輕時也這樣浪漫嗎？」、「那老師是哪種人？」……

「願為掌燈人。」

風中，有輕微而堅定的承諾。

（後記：修訂八十年二月初稿，彼時初為人師，頗有高志，願毋負初衷也。）

原載於一九九七年九月十日《中央日報‧副刊》

輯三　女性的世界

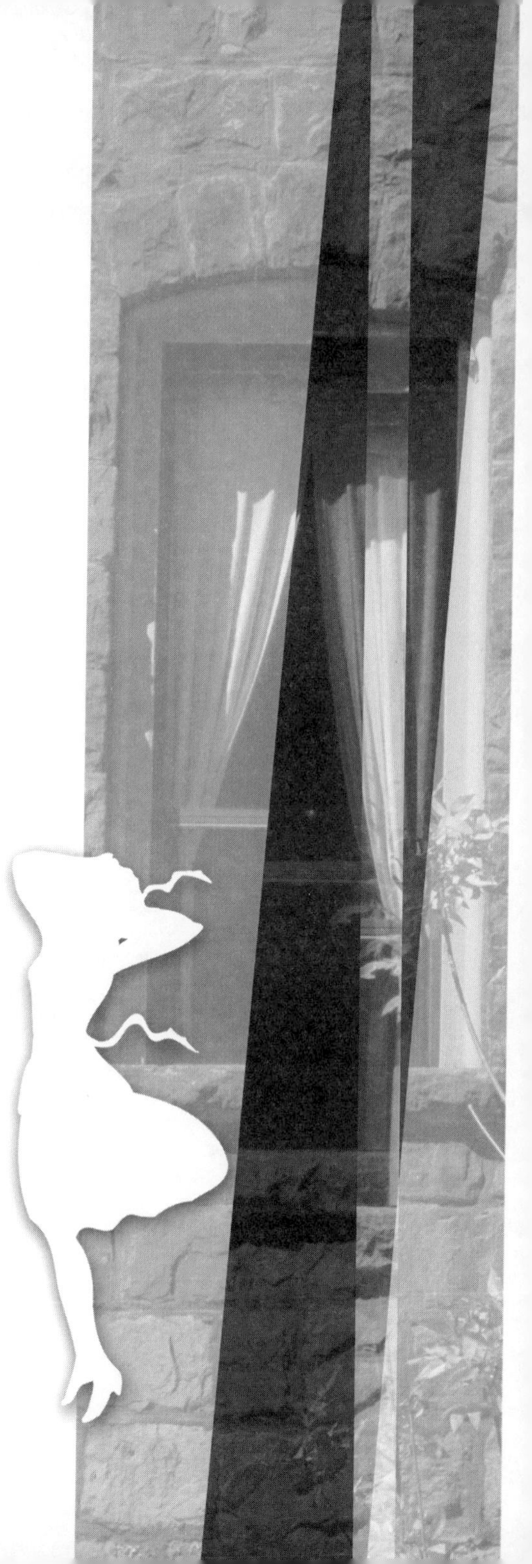

乾杯吧，白娘子！

「未吃五月粽，棉襖毋敢放。」

這句臺語俗諺意謂，不過端午節，不敢把厚重的冬衣收起。的確，春末夏初，天氣仍然陰晴冷熱不定，到了端午節，才表示進入仲夏，真正開始炎熱的夏天。

端午節既屬酷暑炎夏，萬物滋長茂盛，各種蟲毒瘴癘也跟著猖獗，因此驅邪辟毒，也就成為端午習俗的重要意義了。雄黃酒，可說其中最為人熟知的一項。而飲雄黃酒，不也帶出一則美麗動人的民間故事嗎？

傳說書生許仙，遊賞西湖風光時，巧遇美麗多情的白娘子，在共渡借傘的姻緣下，兩人締結宿世情緣。可是，人妖相戀，天道不容，偏有那些無情的法海和尚要破壞他們。端午節，法海叫許仙拿雄黃酒給白娘子喝，逼她現出原形，好教許仙真相大白，不再受蛇妖蠱惑。許仙半信半疑，頻頻勸酒，白娘子拗不過，只好飲下這驅除百毒的雄黃酒，果然，三杯下肚，白娘子不勝酒力，倦臥而眠。睡眠中，一條碗口粗的白蟒蛇現出了原形——許仙見狀，嚇得魂飛魄散，暈死過去。待白娘子醒轉，方知情況危急，只好拚命登上蓬萊仙山，盜取靈芝草，以醫治許仙……。

因為這段情節，「白蛇傳」似乎成為端午節的應景戲碼，它的魅力，應該不亞於屈原投江的故事。而一邊吃粽子，一邊看著「白蛇傳」，仍然叫人忍不住為白娘子叫屈、為許仙叫冤；多情女子，偏偏遇上懦弱寡情的書生！白娘子愛情至上，甚至甘冒生命危險，以千年的道行為賭注，上蓬萊山盜靈芝；許仙耽溺美色，卻又極端貪生怕死，三番兩次試探白娘子的真假，最後心一橫，連往日的恩愛、救命的恩情都一筆勾銷！可憐那白娘子，為愛而生，為愛而死，鎮壓於雷峰塔下的芳魂，可曾有悔？

然而這也不能完全怪罪許仙。白蛇故事源遠流長，在最初，人妖相戀的故事，本來就寓託「勿貪美色」的道德教訓，所以唐代小說《白蛇記》中的李璜，遇白衣美婦，與之結合，旋即夭亡。此白衣美婦，即是千年成精的大白蛇。宋代話本《西湖三塔記》的奚宣贊，幸得叔父奚真人的幫助，作法收妖，才免去死劫。

大多數學者都認為，「白蛇傳」的故事是起源於宋代民間傳說，譬如上述《西湖三塔記》即是把當時流傳於杭州的民間故事，加以吸收編寫，成為後世「白蛇傳」的張本。

到了明朝，馮夢龍《情史・情妖類》收二則傳說：〈蟒精〉與〈白魚怪〉，內容也和「白蛇傳」有關。而馮夢龍編著的《警世通言》也有一篇〈白娘子永鎮雷峰塔〉，內容繁多，情節變化，相當吸引人。

在這篇小說裡，白娘子仍保持她原始的「蛇」性（或說是「妖」性）。她為了討好男主角許宣，先後盜銀盜衣供其使用，卻弄巧成拙，反害了許宣。不過，許宣貪戀美色，禁不住好言相勸，又重新接納她。後來許宣受雇於李克用的藥店，李是個好色之徒，欲強佔白娘子，白娘子不得已現出原形，嚇走李。不久，許宣聽信法海禪師之言，對白娘子敬而遠之，再加上李的讒言，許宣更不敢再見到白娘子。

許宣又回到杭州投靠姐夫。正巧不巧，姐夫也撞見白娘子現出白蛇形狀，在牀上蜷曲而眠。於是請來戴先生捉蛇。結果戴不敵，落荒而逃。此時許宣唯有乞請法海救命。法海用缽盂收伏了丫鬟青青（小青魚）和白娘子。將二人鎮於雷峰塔下，除非西湖水涸，雷峰塔倒，永生不得出世。而許宣也因此剃度出家，了悟「色即是空空即色」的道理。〈白娘子永鎮雷峰塔〉的主題即在此，藉許宣之口，道出「色戒」的思想觀念。但是小說中的白娘子，卻比《西湖三塔記》的蛇妖更有人性，感情更豐富，形象也更生動。她只知愛情，不知人間律法，因此才有盜銀盜衣的事。她幾次哄騙許宣就範，也只是為了保住這一份姻緣。而為了逼退老色狼李克用，不惜現出原形，也未曾顧及後果。當她被法海的缽盂罩住，縮小躲藏其中，法海一再叫她現出原形，以使許宣看個清楚，她總是不肯；到最後萬不得已，現出三尺長的蛇形時，小說寫道：「兀自昂頭看著許宣」，這個動作，代表她內心多麼複雜的情感，她之不願現身，乃是不願讓許宣看見自己醜陋的一面；她之癡望許宣，乃是戀戀不捨，萬般無奈啊！可惱的是，許宣竟然不為所動，完全接受眼前事實，緊接著還去化緣，在雷峰寺前砌一座雷峰塔，鎮住白娘子與青青。

所幸，美麗多情的女子（縱然她是蛇妖）總是惹人愛憐。白蛇故事流傳到清代，已經逐漸修正、美化白娘子的形象。彈詞《義妖白蛇傳》，雖然仍以「妖」為名，但特地加上「義」字，以褒揚白娘子的深情重義。在這部說唱曲藝的稿本中，增添了前世恩情、端陽現形、求草救夫、水鬥金山、斷橋產子、狀元祭塔等情節，使故事更成熟、更合情合理。清以後，戲曲所演者，也大體以此為依據。

在這些增加的情節中，前世恩情是為了加強輪迴報恩、宿世姻緣的成分；狀元祭塔，則屬補償作用，讓白娘子有後，待其子長大成人，高中狀元，祭塔而塔倒，白娘子才得以超脫業障，登上仙界。這大團圓式的結局，尤可顯現中國人重視親情倫理的想法，親情甚至可以彌補觸犯刑法天條的遺憾。

若探討白蛇故事的人物形象與象徵，我們不妨這麼說：

一、許仙的懦弱、猶疑不決，恰似人心的軟弱易變，隨時受情感和理智的左右；而多情的白娘子正代表人的豐沛情感，是直覺奔放的，但有時也會氾濫成災；法海正是理智的象徵，最後理智終於戰勝情感，人才能回到常軌。

二、也可以說，法海代表社會規範，一種權威的力量；而白娘子代表個人對愛情的追求，許仙在這兩種力量的牽制下，終於不得不屈服於社會規範，將愛情的心收斂。從另一個角度看，大多數人當然是遵守社會規範的，但是愛情是一種本能，具有強大的吸引力，所以許仙才會一而再、再而三的被白娘子哄騙，甘心成為愛情的俘虜。

三、就性別角度而言，我們不免懷疑，為什麼小說故事總把女性塑造為妖魅怪物，而這些足以使人亡國喪命的「妖姬」，卻總是愛情至上，一輩子只為伊人而活。而許仙所代表的男性，最為可憐，懦弱無主見，既愛「妖姬」又怕「妖姬」，最後還要靠父權象徵的法海來拯救。法海，集道德、正義、權威於一身，即使白娘子自白只是為了愛許仙，別無危害人間之意，法海也毫不寬容，一定要繩之以法。因為，權威不容挑戰！

白蛇故事就是因為具有如此三方的抗衡力量，形成強大的張力，才能夠長久流傳。試問：我們的心，不也常常在情感與理智間徘徊？我們的人生，不也充滿著追求愛情或追求事業的矛盾？而放眼當今社會，美麗、多情，甚至多才、多金的女子，有幾人逃過情網的捕捉？當她們遇見自己心目中的許仙，何只盜銀盜衣，賠了夫人又折兵的例子多的是。可歎的是，法海也許減少了，許仙卻依舊是許仙，徒然應了「多情自古空餘恨」這句話。

所以，乾杯吧，白娘子！縱使雄黃下肚，必須現出原形，也要接受自己的命運！

原載於一九九九年六月十八日端午節《臺灣日報・副刊》

飛吧，嫦娥！

中秋節到了，吃月餅以前，請先回答這個「腦筋急轉彎」的問題：

嫦娥為什麼偷吃后羿的不死藥呢？

因為她怕后羿如果吃了不死藥，會變得更兇狠，殘害百姓。

錯！這個答案太八股，最新的答案是——

因為她怕超過了保存期限。

常義：原始的月神

月到中秋分外明，逢此佳節，不禁令人想起嫦娥奔月的故事。尤其唐代詩人李商隱的名句：「嫦娥應悔偷靈藥，碧海青天夜夜心」，一個「悔」字，判定嫦娥寂寞的一生，似乎偷竊不死藥，奔月長生，都成為錯誤的抉擇，可哀可憐，獨駐月宮的嫦娥，已成神仙，她果真有悔嗎，寂寞嗎？這恐怕不是我們這些凡夫俗子可以了解揣測的。

像許多神話故事一樣，嫦娥神話的形成與確立，迭經流傳增衍，最後才逐漸定型。在最早的時候，人們對於日月星辰相當崇拜，也將之擬人化，想像成人世間的種種。譬如《山海經・大荒西經》裡，就把日、月想像為一對帝王夫婦，日神帝俊的妻子常羲，生下十二個月亮兒子，而且經常為他們沐浴。這位常羲女神，就是原始信仰中的月神，也可說是嫦娥的前身。常羲生月、浴月，都相當具有母性的象徵，這應該和月亮本身溫潤柔和的光輝有關，皎潔的月光，易使人聯想母親慈愛的眼神與溫暖的懷抱。神話學者王孝廉認為，月亮具有不死、再生、大地、農耕與女性的象徵；此五種象徵都和「生命」的主題有關聯，可見月亮神話、月神信仰的意義非常豐富，也因此後世的中秋習俗有云，若婦女靜坐於月光下，虔心祈子，即可如願。此沐月光而祈子的儀式，有的地方稱中秋「望子」，有的則稱為中秋「送子」，這就是把月神信仰和生殖、豐產的能力聯繫在一起的最佳證明。

羿與后羿的混合

嫦娥被視為月神的說法，則始見於戰國初年的《歸藏》。但這本古籍早已亡佚，只有在後人的注解引文中，才看到蛛絲馬跡：「昔嫦娥以西王母不死之藥服之，遂奔月為月精。」（《文選・祭顏光祿文》注引）雖然只有兩句話，卻已構成了嫦娥服用不死藥，奔月，成為月神的故事內容。可惜這樣的神話故事，後來就斷了線索，直到漢代的《淮南子・覽冥訓》才又寫道：

「羿請不死之藥於西王母，姮（嫦）娥竊以奔月。悵然有喪，無以續之。」

這則資料啟人疑竇甚多。它似乎解釋了前一條資料中，不死藥的來源，以及嫦娥奔月的原因，但故事為何如此演變，羿和嫦娥的關係是什麼？這中間可說錯綜複雜，是神話傳說、上古歷史互相混淆、融匯的結果。

在《山海經》裡的羿，是個神話人物，善於射箭，因此天帝賜給他彤弓素矰，令他為百姓除害。羿的最大功勞，就是為百姓射下九個太陽，只留下一個太陽在空中正常運行，解決了乾旱之苦。而后羿，則是歷史人物，是夏代的小國諸侯有窮氏的國君。他本是個賢君，因此能夠推翻夏代的暴政，代夏而有天下，及至立為天子，卻忘記前車之鑑，也變得荒淫驕暴，終於因而亡國。神話學者袁珂即認為，羿是天神，后羿頂多是具有神性的英雄，二者不可混淆。他們之所以被混為一談，一方面是名字相似，另一方面也可能是二人俱以善射著名，又都被其部下所殺害，事跡類似的關係。

如此，把羿和后羿混為一人，嫦娥偷他的不死藥吃，就有了充分的理由。如果（后）羿已經變得暴虐無道，怎麼可以讓他再吃不死藥，那豈不是遺禍萬年？於是嫦娥先吃了那不死藥，奔向月宮。而因為不死藥珍貴難求，（后）羿悵然失意，也無法再得到不死藥了。

嫦娥與蟾蜍

羿和后羿的混同，在戰國時代屈原的《楚辭》中已可見端倪。直到漢代，除了上引《淮南子》，張衡的《靈憲》一書，也記載類似的故事。張衡明載嫦娥為羿妻，竊西王母不死藥服之，奔月而去，最後化身為月宮中的蟾蜍。

嫦娥化為蟾蜍？聽起來更不可思議，和月宮仙子的形象相去十萬八千里。但這是可以解釋的，有人以為蟾蜍可作長生的藥餌，因此是長壽（不死）的象徵；也有人以為月中有蟾蜍的說法早已有之，蟾蜍搗藥比玉兔搗藥的傳說更早，嫦娥既然奔往月宮，當然就變形為蟾蜍。當然，也有人對嫦娥「竊」藥的行為十分不齒，因此說那是對嫦娥的懲罰，醜化她的形象。

這個問題，樂蘅軍教授的觀點頗為獨到。她認為，嫦娥神話有個「不死藥」的前提，也就是說吃了不死藥的嫦娥必須證明這個藥果然有效。而為了超越這個生死的困境，嫦娥乃以「變形」的方式，非正面的證明了這個事實。嫦娥化為蟾蜍，似乎告訴我們：人類只能以另一物存在於另一世界，方能得到永生（《古典小說散論》）。樂教授的看法，使嫦娥神話具有普遍的意義，促使我們一同思考人類生存與死亡的問題。

飛吧，嫦娥！

嫦娥神話確立後，由於神仙思想的推波助瀾，嫦娥遂成為月宮仙子，娉婷婀娜，引人遐思。傳說〈霓裳羽衣曲〉即是唐明皇遊月宮、會嫦娥之後所得的仙樂，而從唐代詩人多吟詠嫦娥者，也可知道嫦娥及其神話故事，深深打動騷人墨客的心懷。除了李商隱之外，李白、杜甫也曾對嫦娥有類似的感歎：

「白兔搗藥秋復春，嫦娥孤棲與誰鄰？」（李白〈把酒問月〉）

「斟酌姮娥寡，天寒耐九秋。」（杜甫〈月〉）

大部分的詩人，都從人情人世的依戀著眼，因此對嫦娥奔月後的孤寂情境，十分同情、體恤。甚至像李商隱「嫦娥應悔偷靈藥，碧海青天夜夜心」之語，誠摯沉重，更染有個人主觀的色彩。

仔細體會，嫦娥奔月確實隱含著兩股衝突的力量。李文鈺女士的碩士論文曾指出，嫦娥神話同時容受追求長生的天真熱情與領悟死亡的深沉哀傷；另一方面，也同時容受珍重人情溫暖與棄絕人情的困境（《嫦娥神話的形成演進及其意象之探究》）。誠然，相信「不死藥」的功效，即是承認人之必死的宿命，因此才會熱烈追求長生不死；而「奔月」本是擺脫人世的束縛，登上自由之境，但也同時必須忍受孤獨一人的情境，蒼涼無比。敏感的詩人，正是為我們指出這種兩難的處境。

然而，落實來看，如果嫦娥嫁的真是后羿者流，難道還要「癡癡地等」，以為野獸可以變為王子，終有一天幸福到來？

再者，從個人自我的發展而言，倘若一個人逐漸領悟到自己該走的路，想要的世界，是不是可以立刻擺脫現實的羈絆，追求更大的自由與自我的成就？

如果你曾經仔仔細細想過這些問題，並且了解，追求自由也可能得到幻滅與寂寞，可以忍受「碧海青天夜夜心」，那麼，你就——

飛吧，嫦娥！

原載於二〇〇一年九月三十日《臺灣日報・副刊》

相思雨和洗碗水

相傳，每年七夕總是下著濛濛細雨。人們說，那叫相思雨，是織女流下的眼淚。

七夕的故事好美，真心相愛的牛郎和織女，只因為新婚燕爾，忘記了耕織的本分，就被天帝懲罰，分處銀河兩岸，每年七夕才能一會。所幸牛郎的喜鵲充當愛情天使，為他們搭起鵲橋，好讓他們渡河相會。也有人說，是喜鵲誤傳，把七日一會說成七夕一會，所以只好以身作橋，將功贖罪。也有的故事是，天上的織女，偷偷下凡，愛上了人間的牛郎……

不管故事如何流傳，那相思怨別的情緒，最能打動有情人的心弦，雖說「兩情若是久長時，又豈在朝朝暮暮」（秦觀〈鵲橋仙〉），但是分離的痛苦，又豈能言說？仰望夜空，閃爍的星光，恰似噙淚的眼睛，寄語多情人，可曾聽到這端殷切的呼喚？若得一夕相聚，多麼令人感激、喜悅？所以，織女流下多情的眼淚，一償相思宿願，兩顆寂寞的心，終於可以互相靠近，傾訴衷情。

七夕雨，相思淚，有情人終成眷屬，這是人間最美麗的願望。雖然，古人也曾將它想像為「洗車雨」，是老天爺特別降雨，為織女的車駕清洗塵埃，以便她光鮮亮麗地趕赴七夕之約；但這終究不如「相思雨」迷人，因為這才襯托了織女楚楚可憐的形象。「終日不成章，涕泣零如雨」（〈古詩十九首〉），這如怨如慕、如泣如訴的纖纖弱女子，正是溫柔賢淑的女性典型。

然而浪漫的七夕，唯美的七夕，也有它樸拙真實的一面。在民間有一種說法，七夕下的雨，是織女倒下來的「洗碗水」。怎麼會呢？因為牛郎把累積了一年三百六十五天的碗筷，都留給織女去洗呀！這個說法，我最先從母親那裡聽來，當時以為是她在開玩笑。後來，看蕭麗紅的《千江有水千江月》，也曾提到這麼一段。和友人談起，同是中文系出身的鹿憶鹿，小時候住澎湖，也是聽媽媽這麼說的。

就在大多數人都把七夕當成「中國情人節」，「相思雨」卻變成「洗碗水」，豈不大殺風景？這美麗的愛情故事，應當不食人間煙火，怎可摻入柴米油鹽？

於是我想起許多民間故事，它的情節其實增添了親情倫理，使牛郎織女故事在愛情的主題之外，亦富有婚姻家庭的觀念。

流傳在臺灣的「董漢尋母」故事，說的是織女的兒子長大後，尋找母親。終於找到了，織女就送給他一個寶物。類似的故事在廣東也有，結局都是織女母子相逢，可是織女不得不返回天宮，便留下寶物給兒子（妻子匡述）。安徽的牛郎織女故事也很感人，當織女和牛郎被銀河分開時，織女就把手中的梭子扔過河去，想留給在牛郎身邊的女兒，希望她傳承織布的好手藝。這梭子後來變成織布梭星，呈菱形，就在牛郎星座斜上方（張品卿采錄）。

在這些故事裡，織女的母性光輝被凸顯出來，她不只是個愛相思的女子而已，她更是個慈愛的母親。可惜的是，現代社會幾乎不曾注意到這點，只一味渲染「情人」節的浪漫唯美。

素民的心靈是淳樸的，所以民間故事的取材相當生活化，呈現家常式的情味與俗趣，江蘇有個「織女變心」的故事就很特別，也很真實反映婚姻生活的庸俗面。故事說，織女下凡和牛郎結婚後，卻逐漸厭倦平凡瑣碎的生活，於是逃回天庭，牛郎隨後追趕，兩人就在銀河邊互擲牛軛和梭子——這便是後世人間夫妻吵架，摔東西洩憤的由來（奔流采錄）。

乍看這個故事，不免突兀，織女的形象破壞殆盡，好似個潑辣婆娘！然既有「洗碗水」的傳說，織女為什麼不能和牛郎吵架呢？我不知道普天下的女性，在「相思雨」的麻醉下，對於「洗碗水」可有任何建言？回想我母親說「洗碗水」傳說時，是很輕鬆的口吻，也許她只是把它當作民俗的趣譚；她熱中的是，準備麻油雞飯、圓仔花、雞冠花和胭脂水粉、剪刀針線等，祭拜「七娘媽」，祈求織女神保佑她的子女平安長大。對於日復一日，年復一年的繁瑣家務，母親從沒有埋怨過。也和父親爭吵，但從不曾摔杯子砸花瓶的，更別說躲回娘家。我不知道，一次洗一年碗盤的織女，心中有怨尤否？

相傳，每年的七夕總是下雨。廣東人還說，織女和牛郎分開後，他們的眼淚變成了葡萄，可是那味道既酸且澀；直到七夕，兩人相會，淚味變甜，葡萄才跟著成熟變甜（婁子匡述）。

七夕相思雨，是情人的眼淚，久別重逢，酸中帶甜，別有一番滋味在心頭。

七夕的洗碗水，是人間無數個織女，為愛犧牲、為家庭奉獻的見證。未必人人都有好情人，然而慈愛的「七娘媽」，卻是令人永恆敬愛的好母親。

相傳，每年七夕總是下著濛濛細雨。那是織女的眼淚，人間的歎息！

原載於一九九七年八月九日《臺灣日報・副刊》

軌道外的四天

——從《麥迪遜之橋》看九〇年代的忠實與安頓

在梅莉史翠普精湛的演技下，《麥迪遜之橋》讓我們看到了一位女性在情感上的成長。先別為她的「外遇」定罪或解釋，我們應該看的是，她在面臨這段情感時的態度和抉擇。

她是忠於自己的。

所謂忠於自己，並非任性自私，而是高度的自覺與負責。愛情的發生，不需要任何理由，因之她亦無法掩飾自己內心的悸動。在平凡瑣屑的家庭生活之中，「他」的出現，無疑和她內心的嚮往扣合——不是純粹情慾的，而是渴望親近文學藝術、可以進行心靈對話、一同沉思的願望，這些潛在的氣質，逐漸被現實的塵土遮蓋，是愛情的力量使之發光發熱。就像鄉人習以為常的遮篷橋，透過外地攝影師的鏡頭，才展現了風土人情之美。愛情，使人重新認識這世界。

然而，她也不能抹卻焦慮和不安，焦慮來自於她對這段情感的悲觀，因為愛情、激情的起滅，總循著一種模式進行，由絢爛歸於平淡，乃至於回復等待、寂寥，甚至沉悶的生活。她的不安，不僅因為她將背棄丈夫兒女，也將割捨自己用心經營的一段歲月，那之中的她，曾經如此安定、安分，認真而自足，也把自己的心靈秩序安排順當；若斷然捨棄，這一生勢必有所憾恨。背叛婚姻、背叛過去的自己，同樣令人難以為情。一個忠於自己的人，必然能夠省視到這些層面的辯證，為自己的抉擇負責。

然而她又將怎樣安頓自己？

在此之前，她的主婦生活固然繁瑣，但當她在玉米田工作，汗流浹背時，已顯示了不平凡的意義：在這裡，生活是一種「實在」，人們一鋤一翻，使玉米抽穗豐收，人和土地的關係是這麼密切。她的生活，也是建立在這厚實的基礎上。所不同的是，她聽歌劇、讀詩，相信她也有寫作（札記）的習慣；當她在廊下夜讀，豈不是「既耕亦已種，時還讀我書」的寫照嗎？這豐美的心靈世界，就是她生命最深層的結構，愛情的來去，都不能扳倒。

在閱讀和寫作中，她安頓了自己。之前如此，之後也是一樣。於是，這生命軌道外的四天，便被寫進日記裡，成為一生中可貴的回憶。這四天，可以是永恆，也可以是一剎那，可輕，也可重；但都不因為誰而改變，她已經為它找到一個安放的位置。

女性主義說得好，閱讀和寫作是接近女性屬性的。在平凡的主婦生活中，唯有閱讀和寫作才能為生命打開另一扇窗。妳，也必須為自己建構一個豐厚的心靈世界，非關愛情，而是關乎生命！

原載於一九九六年一月八日《自由時報・副刊》

女人和她的蕾絲窗簾

女人在窗簾店裡，已經耗去個把鐘頭了。

熱心的老闆搬來一本又一本厚重的樣書，指點她布料、尺寸、花色等相關知識。提花布典雅莊重，適合年紀大的、保守的人。印花布活潑大方，二十到三十歲的人會選這款。格子布是今年最流行的，有居家休閒的味道。

女人心裡想，難道我要自己承認是保守派？還是不打自招，說：「這花色太年輕了，不適合我。」至於格子嘛，一時之間真的拿不定主意。

她手邊看過的樣書已經堆成半人高了，老闆逐漸顯出不耐煩的臉色。

「要不要看看蕾絲？」

蕾絲？她的耳朵一下子被拉長了，眼睛也跟著亮起來。這個吝嗇的老闆，藏著這麼好的東西做啥？

蕾絲！蓬蓬裙上最美麗的花邊，新娘的頭紗，蓋在頭上，披在身上，拖在背後，長長的，遠遠的，輕飄飄的，女人一頭栽進白色的世界，幻想著自己是童話裡的公主，正等待王子的金馬車來迎娶。

「那你慢慢看好了！」

煞風景的老闆，摔過來幾本樣書，順便撂下這句狠話，大有「懶得理你」的況味。

女人果然在那裡仔細欣賞各種蕾絲造型紗。即使是樣書，每個窗子，因為蕾絲不同，也就有了不同的表情。或是在客廳一角，落地式的白紗簾，也訴說著迷人的風情，甚至一盞小檯燈，罩上蕾絲，也更娉婷可人了。

蕾絲是屬於歐洲的，在那白色木格窗上，掛著一幅幅白色輕紗，王子和公主的夢便永遠不會醒來。

女人回想起童年所住的矮房子，窗外總是生鏽的鐵欄杆，窗內則是兩片土印花布，大紅配大綠，豔紫配金黃。那花色，基本上和十斤重的棉被的被單沒有太大差別。一根鐵絲鉤住窗楣兩端，鎖上幾個黃銅吊環，好幾個小耳朵便掛上去了，撐起每一個星光蛙鳴的夜晚。

後來，女人到都市工作，辦公室、租來的小套房，全都是百葉窗的裝置，一條尼龍繩，像升降旗一樣，把葉片捲上去又拉下來，一根透明壓克力棒，細細的，一旋一轉，就隔出了明暗內外，她因此以為百葉窗是很隱密，很安全的。當她把葉片傾斜向下，她看到縫隙裡的世界，而此中人渾然不知。當她把葉片調成水平狀態，她以為是邀請了陽光和風。

但，不管是塑膠葉片還是鋁合金，輕則輕矣，就是冰冷生硬，永遠是水平的線條掛在牆上，失去了擁簾沉思的情味，也欠缺搖曳生姿的動感。

所以，這次搬家，重新訂做窗簾，女人決心摒棄甚無文化的百葉窗，更不能要那土氣十足的印花布，一定一定要配幅浪漫動人的蕾絲造型紗。

人影窗紗，在朦朧之中，女人將看見「生活」在上演：

看一樓的老吳，孤單地遛狗。狗搖著尾巴，急促地走在晨光裡；老吳的眼底，還殘留昨日夕陽餘暉。

看對門的張太太，前面載一個，後面揹一個，娘仨共乘一部小綿羊，嘟嘟嘟上幼稚園、買菜，順便吃碗陽春麵再回來。

看三樓的小學生，晃著小腦袋走進公寓大門，「咔」，自己開門進來，咯登咯登上樓梯。

看陳經理，西裝筆挺去上班，背心短褲去倒垃圾。

看。看。看。

女人在簾後為自己斟一杯咖啡，站著，看。女人還缺一張小圓桌，讓自己可以坐下來，變成窗景的一部分。

女人想起來了，最愛鄭愁予的〈錯誤〉和〈情婦〉，詩裡說：「跫音不響，三月的春帷不揭，你底心是小小的窗扉緊掩」，「只有一畦金線菊，和一個高高的窗口……寂寥和等待對婦人是好的」，這便是女人愛憑窗遠眺的根源了。蒙上一層蕾絲，讓這個「戀窗情結」更增添浪漫，而且虛無。

女人行將四十，在此之前一半的歲月，全然奉獻給愛情。只是當時未料及，都成了今日回味的養分，如果沒有愛情，沒有愛情來燃燒靈魂，人生到頭只剩一堆枯骨，而且奇臭無比。女人所歷經的愛情，是用松枝點的火，撩撥那相思木燒成的炭。燒著，燒著，無怨無悔的青春。燐燐火光在女人眸底舞了起來，咖啡，不會醉人吧？咖啡裡怎麼有酒精，把女人像燈一樣的點亮了！

「選好了嗎？」

這次，是老闆娘出馬了。老闆娘很果決的算好尺寸價錢，剪刀一絞，綑起來，塞給她一袋子的蕾絲窗簾布。

女人走在街上，默默抱著她心愛的蕾絲。

那人臨去前，猶欠她一場白色的婚禮。她在後面追著，那人灰暗的衣角逐漸溶入夜色之中。

她沒有哭。現在想起來，也不哭。

女人放慢了腳步，把袋子打開一角，想確定是不是她選的花樣。沒錯。女人放心了，卻沒有把布放回袋子。

她捏住蕾絲的一角，慢慢拉，慢慢拉。塑膠提袋礙手，她索性把袋子掛在人行道樹上，再慢慢拉，慢慢拉，像放風箏一樣，她把蕾絲撐在背後，跑，跑，跑！

飛起來囉！

蕾絲載著她，像一條魔毯飛起來了。

飛行速度和緩，但高度頗高，所以地上的人們，只看到一朵雲飄浮在天空，或者像飛機雲那樣，拖著長長的白尾巴。

「確定了嗎？小姐。……對不起，我接個電話。」躲到裡邊兒的老闆終於露面了，仍然一逕地催促著。老闆娘不在，蕾絲也還沒剪，只是她裹著蕾絲，浮到半空了。

女人從窗簾店走出來以後，便被重重的蕾絲包圍：蒙著她的眼，纏著她的手，扯著她的腳，自動向有蕾絲窗簾的門窗靠去。短簾如俏皮的劉海，露出亮麗的眼眸。落地式的，往腰間一束，就是個婀娜多姿的女形。裝飾得漂亮的，大多是咖啡屋。隔著簾和玻璃，屋內的音樂人聲，咖啡的香和熱，都有點兒模糊不清了。

女人繼續尋找蕾絲窗簾，繼續觀看有蕾絲簾的窗。簾後會是什麼人，在看誰？

也許只有空洞的，風，吧！

原載於一九九九年七月一日《臺灣日報・副刊》

男人和衣櫃

「女人的衣櫃裡，永遠少一件衣服。」

這句話，一定是男人發明的。為什麼？因為男人自己根本不需要衣櫃，所以不能了解女人為什麼需要那麼多衣服，乃至於掛滿整個衣櫃，又嫌不夠。

男人為什麼不需要衣櫃？道理很簡單，因為男人的行頭，從裡到外，從頭到腳，不過就那麼幾套，一根竹竿都掛不滿。大部分的時候，男人只需兩個簍子，一個裝乾淨衣服，另一個放髒的。髒的那簍就不必說了，乾淨的這簍，根據某些男人的說法：內衣褲每天都要換，穿在裡面也沒人看，幹麼要摺，要收到櫃子？襯衫也不必收，只要掛在竹竿上，要穿的時候，再收下來穿上，不就省事了？襪子也是同理。外套更簡單，到處都有椅子，不是嗎？往椅背上一搭就成了。至於背心、毛衣等，不是穿一次就洗的，也可比照外套辦理。

但是男人有時候也需要衣櫃。校慶檢查宿舍的時候，女朋友突然來訪的時候，那衣櫃可就「大大好用」了。什麼臭襪子、髒衣服，一團團霉乾菜似的東西，統統可以往衣櫃裡一塞，再把門鎖上，就乾淨清爽了。有人要動那衣櫃，只消說：「對不起，請尊重個人隱私。」或者說：「抱歉！門卡住了！」再不然，貼個封條，大家也就心照不宣。

結了婚的男人，如果有個賢慧的太太，那他更不知衣櫃為何物。男人一定從來沒想過，百貨公司的櫥窗要換季，家裡的衣櫃也要換季，有幾個男人知道：那些短袖短褲、毛衣大衣，是怎樣從衣櫃裡進進出出，而穿到他身上的？一切彷彿都是理所當然，「茶來伸手，飯來張口」，衣服髒了，總是有乾淨的衣服等著，還怪他太太：「我今天要穿什麼衣服你都不知道！」

當然也有雅痞級的男士，非常整齊清潔，把自己修飾得乾乾淨淨，住處也整理得有條不紊。把他的衣櫃打開，想必井然有序，襯衫是襯衫、T恤是T恤。這樣的男人哪裡找呢？啊，對不起，我還沒看過。

原載於一九九七年六月十五日《中國時報・人間副刊》

胖女人的傷心事

那天，她終於拿到那本「武林祕笈」了！一疊七張，分成三大時段，外加兩個緩衝區，一條救命口訣，密密麻麻的寫著功夫要領與禁忌。好友李拿給她時，神情莊嚴肅穆，很慎重的保證：只要持之以恆，不出三個月，最多半年，就可見效。屆時必可抬頭挺胸，如眾英雄決鬥光明頂，復出江湖的她，必是「媚登峰」上第一人！

你猜中了！這本祕笈，正是眾家姊妹最羨慕又嫉妒的「減肥瘦身養顏美容延年益壽食譜」。

唉！說什麼環肥燕瘦，各有千秋。大家心裡都很清楚，胖妞、肥仔、「大棵呆」，都是被人裹著口水吐出來的字眼兒。頂多一句口是心非的「甜姐兒」，眼睛裡卻盡是挑釁與嘲弄——如果，是歌劇裡引吭高歌的肥胖女高音，也就罷了，因為那確實需要這種體形，才能有丹田之力，製造良好的共鳴效果，唱出危危顫顫的音符。而如果你只是，只是平凡的路人甲，走在街上，人人都嫌你妨礙交通，是個超大型的障礙物。

戲劇裡，肥與癡總是結合在一起。胖男胖女，是最好的耍寶角色，也是最佳的出氣筒、受氣包。任何人，只要比你瘦一點，都可以調侃你，踐踏你的人格尊嚴。笨拙的行動、打結的舌頭、愛哭的臉、誇張的笑，人們又看到一團團油膩膩的肉球在擠眉弄眼，有誰聽到那氣喘吁吁的歎息？

現實生活，更不用說了。食、衣、住、行，只有第一種行業的老闆最喜歡胖男胖女，蓋凡胖者必好吃也，能吃也。衣，是所有胖者的椎心大痛，尤其是胖女，即使是一個小癟三似的店員，丟出這麼一句稀鬆平常的話：「我們這裡沒有你能穿的。」就可以讓你死得很難看，而你也永遠和漂亮摩登的服裝絕緣。

至於住的、行的方面，非箇中人實難體會其中滋味。不是有則外電報導，有個女人胖得走不出家門！還曾經聽一個胖胖的女歌星說，坐飛機她都買兩張票，不然只得跟鄰座說：「抱歉，我這些肉借放在你這裡。」

「我這些肉」，當她把「武林祕笈」掩在腹腰間走回辦公室，她確實感受到「我這些肉」的存在。

雖然還沒有人說她胖——也許是天天看，看習慣了或是出於善意的隱瞞，周遭的親友、同事通常說：「你這樣剛好，從前太瘦了。」要不然就以同情諒解的口吻：「不胖不胖，只是稍微豐腴一些，都當媽媽了嘛。」

直到那天，碰到多年不見的老友，「啊——」石破天驚的一聲，「你怎麼變得這麼胖?!」像被敲了一記悶棍，她站在投影機前，差點兒無法繼續作簡報。

「我……我生了孩子嘛！」

就像大多數女人一樣，產後發福，是她唯一祭得出來的免死金牌。

但是，孩子也不過生了一個，而且都五、六歲了。她為了身材，不敢再生第二胎，而懷頭胎所增加的二十幾公斤肉，一磅也沒掉下去。

上帝開什麼玩笑?從前她是系上的病西施、瘦排骨，現在竟然被當做酷斯拉似的龐然大物?那天，她回家以後，就把幾張從前的獨照給撕了。她不是氣自己顧影自憐，而是寧可自己沒有瘦過。

記得小時候，鄰居劉媽媽很胖，大家背後叫她「航空母艦」。聽母親說，劉媽媽是因為吃避孕藥才發胖的。還有陳伯母，豐乳肥臀，連生六個小孩，每次陳伯母追打她的孩子們，大家都跟在後頭看熱鬧，不是看那些小毛頭被打，而是看陳伯母的偉大胸部，山川壯麗，像造山運動般的，波濤擠壓板塊，左聳右隆起！那些臭男生便宛如小色鬼般的，眼光直往陳伯母的釦子縫裡鑽。好像都是這樣的，大家的媽媽都屬於胖的，要不然也是高大魁梧，和瘦瘦的丈夫站在一起，就是「大棵玲玲」和「矮仔財」的配對。

因此她一直以為「媽媽」這種動物，天生就是肥胖的。她忘了，每個媽媽都是從少女蛻變而來；如同她已由少女跨入為人妻，為人母的國度。

老實說，在少女時代，也許因為瘦巴巴的，又其貌不揚，從來也沒有男孩子找她搭訕。到現在，以她媽媽級的資歷和身材，竟然也有過一次不大不小的「豔遇」！是在短程的火車上，車廂內站立的人蠻多的，有點兒擁擠。她靠在一張座椅旁，向下俯看，座位上的男人頭頂微禿，他的鼻子，也許因為角度的關係，看起來肥肥、扁扁、塌塌的。男人本來在看報紙，卻突然抬起頭來，看了她幾秒鐘，指著靠窗的空位說：「我朋友沒來，你要不要坐？」

男人上翻的眼白，朝天的鼻孔，和那似笑非笑的嘴形，就好像野狗看到肥肉一樣，就快淌出口水了！

她婉拒了。不是生氣男人的色相，而是傷心自己，玻璃窗上映著的，的確是一個超級大漢堡，好幾層的「游泳圈」呢！

胖女人！

她認命地接受了這個緊箍咒。她的衣服尺碼已經從淑女裝升級到貴婦人、媽媽裝了。只是不曾想到，「胖女人」還可以招惹好色的眼光。可惜這愛慕的眼光來得太遲，就算是在「麥迪遜之橋」相遇，她也不願拿這身肥肉去下賭注。

話說回來，真正促使她想要節食瘦身（她連「減肥」這個詞兒都很忌諱），也是肇因於一次海外旅行。那次旅行回來後，她才知道，自己獲贈「胖太太」的冠冕。在清瘦俊俏的丈夫身旁，「胖太太」著實很難申訴她從四十公斤「腫」成七十公斤的傷心事；那些年輕貌美的小女生，個個虎視眈眈哪！

她翻閱著這本救命祕笈，剎時充滿了鬥志。僅摘錄口訣三句，以號召普天下的胖姊胖妹：

不油不糖少澱粉　即將餓昏　花生米兩顆救急

原載於一九九八年十二月一日《自由時報．副刊》

懷孕的火山

日本太子妃雅子終於生下了可愛的小公主了，以三八高齡、以皇妃娘娘之尊，這樣的努力，當然是令人敬佩萬分。別忘了，在此之前，中西明星林青霞、瑪丹娜，也分別以四十二歲的「大身大命」，生下她們的第二胎。

女人難過「兒女關」

女人啊女人，過得了情關，卻未必過得了「兒女關」。君不見，有若干前衛女子，一意保持單身狀態，卻「不能免俗」的，生個孩子，嘗嘗當母親的滋味。還有那為愛情墮胎的，到頭來情郎薄倖，痛心疾首之外，更怨恨情郎剝奪了她做母親的權利。

也有一些賢淑的女人，依傳統模式，自學校畢業後，工作、結婚，按部就班，更努力「做人」，盼望生兒育女。奈何事與願違，一試再試：跟老公撒嬌施媚功，無效！再求婦產科醫師，打針、吃藥、把肚皮下的卵巢、輸卵管、子宮弄得雞犬不寧，又無效！轉而問訪中醫、民俗療法，補品、時辰、方位、陽宅、風水，全都配合了，還是無效！

此時，欲哭無淚的女人，還要應付公婆的關切，娘家爸媽的自責；尤其同是女人的媽媽，最能感同身受，以為是自己的「種」不好，或者後悔當年沒有把女兒的「轉大人」時期照顧好。然後是親朋好友的詢問：「想當頂客族啊？別只顧著事業。」「繼續努力喲，我聽說有一種祕方……」諸如此類，不痛不癢的話題，叫人答也不是，不答也不是。

漸漸的，周遭的人不再過問了，但沉默是金，一塊重金屬，更壓得人喘不過氣來。他們狐疑的眼神，小心翼翼的措詞，例如「喔，沒小孩？嗯，這，這也好，沒有小孩比較自由嘛。」已經被這問題磨練得水火不侵的女人，也不動聲色的附和著：「是啊，反正這也要靠緣份嘛——你要不要看看我家小狗的照片，好可愛呢。」

只有使出這無厘頭的撒手鐧，才能遏止別人那過度關心的詢問。

而閨房底，一夜無話，女人和男人之間也鬱積了心結。沒有誰對誰錯，只是往後的日子要怎麼走？共患難者有之，分道揚鑣者有之，而言情小說、肥皂劇裡的「借腹生子」、第三者「母以子貴」者，在二十一世紀的今天，也時有所聞，不曾消聲匿跡。附帶一提，所謂生不出「孩子」，當然也包括生不出「兒子」。

女人為多子苦

有人生不出孩子，也有人為多子而苦。所謂的多，在傳統社會可能七個八個，乃至於十一、二個。現在呢，在各種避孕物件齊全，家庭計畫宣導成功，以及女人渴望掌握生育權的新世紀，果真是「一個不嫌少，兩個恰恰好，三個太多了」，試聽聽這樣的對話：

「你有幾個孩子？」

「三個。」

「三個！你好偉大，好勇敢！」

「哦，還好。沒辦法……」

這裡的第三行句子，一定要印成粗黑體，第四行則須用小一號字體，否則無法顯現那震驚、佩服的語氣，也不能體會那遲疑害羞兼無奈的心情。我們的社會怎麼了，如此單一價值觀，超出標準的，就招徠旁人詫異的眼光。尤其在都會地區，生三個孩子的，簡直有侵佔他人生存空間之嫌。有三個孩子的人，必須經常向人解釋，為什麼生三個小孩。一口氣生的？除了三胞胎，很少人會諒解你一年生一個，階梯式的排列法。大多數人說你偉大、勇敢，還真是打從心眼兒底佩服。老大老二都上國中了，才生老三？如果不是為了「一定要生個男孩」、「好希望有個女兒」這般好理由，似乎你就是自找苦吃，不可理喻。因為大家只容得下兩個名額，以至於有不少老三，小名就叫「多多」。

曾經，有個即將生老三的女人收到以下的祝賀：

「什麼？你懷孕了，意外嗎？」——這句話的意思是，你沒避孕，後果自行負責。

「什麼？你懷孕了，要生嗎？」——這句話的意思是，幹嘛不拿掉？像不小心多買了一個芭比，幹嘛不退貨。

「什麼？你懷孕了，恭喜，」——這句話讓你百味雜陳，不知道話裡頭是真是假。果不其然，接下來是幾句貼心又刺耳的補充：「碰上這種事，其實大家表面說恭喜，暗地裡都在慶幸，幸好不是我。」

因為同是女人，同是職業婦女，「大家」很清楚，做好生育規劃，才能在職場上大展身手，否則，雖然有產假可請，但老闆的嘀咕也夠受的。再者，請產假要有職務代理人，也不是那麼理所當然。因為同是女人的女同事說：

「找我代理？你生孩子怎麼都沒有計畫？人家我都是和A小姐商量好，互相代理。」

好吧，女人不要為難女人，那就請男同事幫忙。孰料，男同事也頗有苦衷，因為他沒有產假可請，卻必須經常代理別人的產假。

常言道：「事不過三。」但生孩子、請產假，卻是有一就有二，有二就不要再有三，否則真是為難大家呀。

女人是行動子宮

聽說，醫學界流傳一則「問診須知」：看到女病人，就要問她有沒有懷孕。這不是笑話，但也反映了女人的宿命。「女人，根本是行動的子宮」，說出這句名言的女權分子，內心充滿了莫大的憤慨。只要青春期開始，她的卵巢排出第一顆卵子，初經來潮，女人就具備了生育的條件，就變成帶著子宮在行走的準母親。某些地區的十三歲新娘、十五歲小媽媽，不正印證這樣的命運嗎？在這個角度下，母親是天職，母親，竟只是生物的本能呀！

而女人，究竟有沒有掌握自己的生育權呢？

當成年婦女千方百計想生個孩子，有些未成年的未婚少女卻也千方百計，想要打掉一個孩子！一位在婦產科當會計的朋友說，每到假期前夕，來診所墮胎的年輕女孩特別多，因為今晚動了手術，明天就可以在家休息，不必特別請假。有次兩個看完診的女孩這樣對話：

「算我倒楣，這次『到了』。」

「那我大概刮太多次，已經『黏』不上了。嘻，這樣也省事。」

不知道幽暗的角落，有多少人為不該懷孕而低泣，有多少人為要不要墮胎而掙扎？或者，RU486的出現，已經破解了這類的悲劇，在二十一世紀的今天，誰知道呢。

女人是懷孕的火山

身為女人，懷不懷孕，大有關係。懷孕這檔事，是醫學、生物學、社會學、女性學都要插上一手的人生大事、人類大事。但是有人多產，有人不孕，有人花開在少年，有人則老蚌生珠，更有人停產多年，春風吹又生。從這個現象看，懷孕也是屬於地理學的，說女人是行動的子宮，倒不如說她是懷孕的火山。因為你不知道她什麼時候會冒出火來，活火山經年吐出火燄、熄火山蓄勢待發，死火山也有再造勢的可能。

相信我，女人是一座懷孕的火山，隨時都有可能爆發滾燙的岩漿，改變世界。

相信我，因為我就是**生三個孩子，偉大的、勇敢的女人。**

原載於二○○二年二月十七日《聯合報・副刊》

別人的老婆

俗話說：「文章自己的妙，老婆別人的好。」在女權意識抬頭的今天，男人要引用第二句話，恐怕要斟酌一下，免得成為過街老鼠，人人喊打。

但是，現代的男人，又是怎樣看待別人的老婆呢？

有一次，在學術會議之後，大會招待與會學者晚餐，我也在受邀之列。在大夥兒快樂吃喝，既談學術，也談友情的時候，一位男性學者突然問我：「你先生呢？怎麼沒看到他出席會議，也沒來吃飯？」我先生也在大學教書，難怪他有此一問。我很誠實地告訴他：「他在家看孩子。」

「哦？」他露出相當訝異的表情，隨即偏過頭去，對鄰座的另一位男士說：「我看我們男人乾脆都回家燒飯、帶小孩算了！」

我不知道，他的話是在揶揄誰？還是他心裡有極端的恐懼，害怕自己的、男性的學術成就會被女性超越？特別是這種女人：可以不顧家庭，自己跑出來外面發表論文，還參加聯誼聚會！對我及我先生來說，這是很平常的事，我們不願因為學術研究之名，就要求另一個人完全犧牲奉獻。「每個成功的男人背後，都有一個偉大的女人。」誰為那個女人著想過？她可能也有自己的夢想和心願。因此，我們參加學術會議都必須排檔期，一人出席，另一人必得在家照顧孩子。夫妻不是應該分工合作、互相支持的嗎？

其實我常常碰到這樣的問答。如果問話的是女性，她聽了我的回答，幾乎都是羨慕和嘉許，稱讚我先生是個「新時代好男人」。若是男性問的，他的反應通常是愣了一會兒，才說：「哦，哦，你們小孩沒人看啊！」好像他出門從來不須擔心小孩似的。可不是嗎？傳統的大男人，背後那個「偉大」的女人早就替他打點一切了。

對某些男人而言，「太太級」的女人，因為已經結了婚，在她面前彷彿更可以肆無忌憚，大談「限制級」的話題，也不管她是否樂意聽講。更可惡的是，假研究報告之名，說得冠冕堂皇，其實是藉此宣洩他的「意淫」欲望。

很多年前，我剛剛開始教書。下課時間，在辦公室裡，有個教社會學的男老師與我搭訕。我一心記掛著教材內容，並不太想理會。但看他額頭微禿，約莫四、五十歲的樣子，大概也算資深老師吧！我不好意思拒人於千里，就有一搭沒一搭地應付著。他問我教什麼，在哪一系。隨後，即意味深長地說：「中文系啊！中文系近來出了不少年輕又漂亮的女老師喲！」

誰？說的是我嗎？我自忖可以稱「年輕」，卻非「漂亮」之屬，所以也沒接腔。也許我平白錯失被奉承的虛榮和喜悅。

接著，他又問我，結婚了嗎？我趕緊劃清界線：結婚了，而且有一個小孩。我暗自希望，他不會對「媽媽級」的女人有興趣，更希望上課鈴聲趕快響起，好甩開這個無聊男子。

孰料他竟然冒出這樣的話：「醫學報導說，生過小孩的女人，才會真正體驗到性高潮，因為嬰兒……。」

我當時的確太年輕了，不知道怎樣拒絕這種令人尷尬不悅的話題，我拿眼角瞟他，那張似笑非笑的臉，簡直令人作噁。

他看我沒什麼反應，又指著報紙上的一張照片說：「這個殺人犯啊，是個黑道老大。像他們這種亡命之徒，根據心理學的研究，他對女人特別有辦法，有致命的吸引力……。」

「哦？你們社會學就是研究這個？」這是我唯一想得出來，反擊他的話。還好鈴聲響起，我快步走出這充滿黃色煙幕的空間。也從此避開同一時段去那個辦公室，以免又要領教那些噁心的話題。

後來想想，那時候還不流行「性騷擾」的名詞，否則我真想控告那個傢伙。記得學生的刊物裡曾寫著：有些男老師在課堂上講黃色笑話，有些「德高望重」的男老師會藉著吃飯喝酒的機會，摟抱女學生、強行親吻……，如今想來，都可能是事實，只不過都在「溫柔敦厚」的禮教下，女生只是默默的，忍氣吞聲，息事寧人。

有個女性朋友教我，下次再遇到這種意淫色鬼時，就告訴他：你是不是有毛病，根據心理學，你喜歡這些話題，就代表你有「閹割」的恐懼。怎麼，你「不行」嗎？「想」嗎？回去抱你老婆啊！別儘想在別人的老婆身上打歪主意。小心我告你「性騷擾」，你就吃不了兜著走！

老實說，這些話，我還是說不出口。

我更憂慮的是，語言上的機鋒，根本無濟於事。這世間不只有「性騷擾」，還有「性犯罪」，而女性總是處於弱勢的險境之中。像前些時日，彭婉如女士遇害，女學童被姦殺，莫不叫人膽戰心驚，而又怒目髮指！如果兩性不能互相尊重，人權哪得保障？尤其可悲的是，女性很容易接受這樣的觀念，進而為己爭取權益；男性卻不以為意，或者以為「我們已經夠尊重你們了」，或者把爭取女權者視為洪水猛獸，避之唯恐不及，外加不屑不遜。我從國文課班上，男、女學生的表現，即可察覺這個現象，因此感慨更深。

我衷心期盼，不管是別人的老婆，還是自己的老婆，是別人的姊妹、女兒，還是自己的姊妹、女兒，每個男人都要懂得尊重她，愛護她。讓這個社會，每個大大小小的男人，與每個大大小小的女人，都能和平共處，沒有任何傷害——言語的、精神的、肉體的、生命的，都沒有一絲一毫的傷害。

原載於一九九七年二月十五日《自由時報・副刊》

自己的書桌

女性主義的先驅者維吉妮亞・吳爾芙說，女性寫作一定要有「自己的房間」。

自己的房間？嗯，聽起來是個不錯的主意。

據說當今文壇上有幾位女作家也已擁有自己的房子——不只是一個房間，專門用來寫作、沉思，或偶爾招待文友，可能是半山腰的別墅，也可能是鬧區的小套房；雖然沒有掛上工作室的招牌，但確實是「自己的房間」了。而且泰半是靠自己的稿費、版稅掙來，還有那麼一點兒自食其力的驕傲。

這真的令人羨慕呀！我和我的同輩朋友，別說房間了，連一張書桌都可能成問題。

那次，我到南部看蘭。大學時代她也是書卷獎榮譽榜上的常客，師長頗為看重，認為將來必是優秀的研究人才。孰料她志不在此，畢業後並沒有考研究所，回鄉謀得教職，又很快結婚生子。此後，完全樂在其中，除了工作，就是家庭。拜訪的時候，她殷勤引導我們參觀房子，三層樓的獨棟透天別墅。一樓是挑高的客廳，擺設近人高的大瓷瓶，十分氣派；二樓是廚房、餐廳與可充當小客廳的起居室，配上水彩畫，也頗溫馨舒適；頂樓是主臥室、兒童房與書房——書房，哇！一定要仔細瞧瞧，看當年我們的書卷獎得主如何佈置她的書香天地。她也頗得意地讓我們入內察看：原木書櫃，玻璃門維護得纖塵不染；還有那張董事長級的書桌、總統專享的真皮高背座椅——太棒了！就在我試圖伸手撫觸那高貴材質時，冷不防聽得一句：「都是我先生在用的。」嚇得我立刻縮手回來。畢竟與她的尊夫素不相識，千萬別冒犯了人家。

「那你呢？」我試探著問。好歹我同學也是臺大畢業的，總不會連一張書桌都沒有。悄悄打量一下，這裡除了那張大書桌，還真的沒有另一張。頂多在窗邊有一張狹長的工作檯。

「根本用不到嘛，連書桌都搬走了。一回到家就是帶孩子做家事，哪有空讀書？」嚥了嚥口水，她又補充：「反正教材也熟，不必特別準備。作業盡量在學校改完，回到家就是自己的時間了。」

自己的時間？嗯，吳爾芙好像沒說過這句話。

我看蘭一臉幸福美滿，相較之下，我因長期熬夜讀書寫作而導致眼袋腫脹，黑眼圈如貓熊，還真是如人飲水，冷暖自知。

蘭又告訴我，她原也有一張書桌。孩子剛生下來時，充當尿布檯、雜物櫃，後來嫌它礙事，就搬到儲藏室了。

「佈滿灰塵，髒死了喲！」

聽她的口氣是不會再使用那張書桌了。唉！佈滿灰塵的書桌，躲在儲藏室的佈滿灰塵的書桌。

另一次是去看美。美那時剛剛隨丈夫回鄉工作，也是個老師。記得新婚之際，他們已在臺北公證結婚並賃屋居住，但公婆仍費心為他們在老家佈置一間新房，照例是一張雙人牀、高低櫃與梳妝檯，每件都貼上大紅的雙喜。老人家頗慈祥地詢問還缺什麼嗎？我的同學囁嚅著說：「我要一張大書桌。」

「書桌？」老人家以為自己聽錯，又不是小孩子，要什麼書桌？敢是臺北來的，臺大畢業的碩士媳婦，跟人家比較不一樣？

這個碩士媳婦確實跟人家不太一樣，早早就嫁了，又說還要念研究所讀碩士，孩子也不生，論文也寫了好幾年，到底在搞什麼碗糕？老人家看得霧煞煞，直搖頭。管他的，只要少年人歡喜就好。

念完碩士，生了孩子，因為公公去世，美不得不隨夫回鄉與婆婆同住。婆婆住樓下，小家庭住樓上。

「這是我的書房。他的在隔壁。」美斜倚著門柱，用手指點。

這次我真的是羨慕極了。自己的書房呢！許是鄉下老家空間大，男女主人才能同時坐擁雙城。

「想寫點兒東西，做點兒自己的事情吧。」美淡淡地說。她和我都擁有寫作的夢想。

事後我回想起來，認識她時她住學校宿舍，空間之狹，不在話下。後來她結了婚，咬緊牙關也要租個大房子，至少圖書有得放，自己也有張大書桌。與婆婆同住幾年後，小家庭自行買屋搬出去住，一買就是對門的雙戶，只因為要擁有自己的書房！即使因此超額貸款，每月銀根拮据，也在所不惜。

好個自己的書房！那是需要魄力的大手筆，而且若在臺北，恐怕難上加難。都會的住家恆常是三房兩廳的隔局，為一家四口的標準而設。若想要多買一房，咳！少說也要多個一百萬，哪裡是升斗小民負擔得起。若只有獨生子女，那還可能有幸擁有書房，若比標準數多出一子（女），五口之家只怕連客廳都要仔細規劃，只有如幼稚園的「角落區」可以比擬。

當然，把標準放鬆一點，我也算是擁有自己的書房，但這書房總是兼做臥房，書桌也總是挨擠在眠牀邊。婚前和妹妹同居一室，婚後和丈夫同處一房，書桌，永遠是牀邊的好伙伴。記得新婚後剛買房子，為了貼補家用，把兩間房間分租給人，小夫妻倆只好住在主臥套房，把所有家當都擺進去，兩張書桌「相親相愛」，就像它們的主人一樣。後來經濟寬裕了，請走了房客，搬出了書桌，暫借在客房一角——可是孩子也來了，要有兒童房和遊戲間——書房變成概念式的，隨時可以變化為各種空間——我，還是沒有書房！

想了想，最根本的原因是書桌太小；當沒有書房時，只好這麼「安慰」自己。為什麼我的桌面總是被文件、書籍以及一些莫名其妙的東西佔滿？現在還要進駐電腦這位新時代的嬌客。

不然，就是書桌太少。像一位師長說的，他退休後要準備四張書桌，每張代表不同的工作，統統是他的事業，他的最愛。

那麼，我需要幾張書桌呢？學術研究一張，文學創作一張，批改作業一張，處理雜事一張，正好也是四張。噢，不，還有第五張，電腦及周邊配備一張。

大書桌，很多很多的書桌，這還是得要一間書房才裝得下。因為書桌不只是書桌，有了它，還包括相關的圖書資料（可別以為什麼資料電腦裡都有），和用具（可別以為什麼東西用掃描列印就好）。

兜了半天，還是吳爾芙說得對。只有自己的書桌，還是不夠用，一定要有自己的房間啊。

可是就像丈夫說的：我也很「憋」呀，我的書桌放在客廳一角，還要負責「招待」孩子玩電玩，老婆打電腦。

於是，把女性主義祖師奶奶的話放在一旁，當晚餐過後，那張三尺寬、四尺長的大飯桌，就是「大大的好用」，現成的一張大書桌。

瞧，我這會兒不就完成了一篇文章，在「自己的書桌」上。

原載於二〇〇一年二月二十五日《聯合報・副刊》

輯四　婚姻的素描

婚姻中的點點滴滴

常常和學生說起這樣的陳年往事：他用一盒牛奶征服了我！

那年，我考上本系的碩士班，而他則剛從師大國研所碩士班畢業，並且「背叛校門」，抱著破釜沉舟的決心，報考我們的博士班。他當然不知道會在這裡遇見未來的老婆，他只是想換個環境，親炙臺大名師，感受一下自由開放的學風。

記得當時系主任要求博碩士班的新生必須輪值看管研究生閱覽室，我們恰巧被排在同一時段。原本還有我同班的A，但A不久即因脊椎開刀而休學，因此就是我們兩個輪值。「近水樓臺先得月，你們可得感謝我這個『不在場』的大媒人。」A經常如此打趣，我們也「只好」一再道謝，感謝她「及時退出」，否則歷史可能會改寫。

起初，我們輪流來開門，但夜貓子的我一開了門，便趴在桌上補眠。不久他也發現這情形，就免了我這苦差事。他說：「我本來就是早起的，看你那麼累，還是都由我來開門好了。」「謝謝學長。」我恭敬又欣喜的回答。然後我就光明正大的晚到，隨便帶個麵包在閱覽室裡吃起早餐。有一天，我剛踏進門，他就遞來一盒鮮奶：「給你加一點營養。」「謝謝學長。」幾次之後，我感覺這學長對我有一點不太一樣，想知道他為什麼特地帶鮮奶給我。誰知他回答：

「因為我家裡剛好有多的，沒人要喝。」

什麼跟什麼嘛！到現在每次追問，他都不改其志，仍然是這個答案。

可是我畢竟給「收買」了，因為就算是多的，也是多到我這邊來，不是給別人的。

我又發現，他講話其實就是這麼直率。有一次，我和幾個女同學走在一起，正好遇到他，他沒跟大家打招呼，竟直接對著我說：「嘿，你穿長裙走路真好看。」還有一次，他跟我借了現代文學專題的筆記，還回來時竟然說：「喂，你人長這麼漂亮，字怎麼寫得這麼醜？」……一直到我收到他寄給我的生日賀卡，那也是那年唯一的一張，他仍然說：「你不是說都沒人祝你生日快樂？反正聖誕節也快到了，我就順便寄給你一張卡片啊。」

這些「順便」的心意，至今他都不承認當時已有追求我的意圖。而幾次盤問之後，我也懶得跟他計較。問世間，情是何物？如今我們結婚已逾十二年，生了一子二女，細想初相識的種種，只能說近水樓臺的緣份之外，還有彼此的心電感應。這樣說好像太玄，應該說他的體貼剛好我都感應到了，他潛意識裡發出來的求愛電波，都被我接收了，所以在中文研究所陰盛陽衰的情況下，我發現了他，而他也終於發現他喜歡我，才會做出這些無心而有意的事。原來兩情相悅是在不知不覺中進行、滋長的，說不清楚，講不明白，就讓它這麼留在我們的記憶中吧。

我們是同行，都是臺大中國文學研究所的博士。可是因為我先留任助教，礙於不成文的規定──不聘用夫妻檔，他畢業後連申請聘任的機會都沒有。後來他在師院系統任教，也算回到他師大國文系的背景。但身為其妻，有時不免為他叫屈，同是臺大博士，不能成為臺大教授總是有點不圓滿。於此，他說：「我覺得找到好老婆和找到好工作一樣重要。」咦，我的學長什麼時候變得這麼會說話，甜言蜜語的，叫他的老婆感動得差點掉淚！

平心而論，他是屬於實用型的，就是那種適合做丈夫不適合當情人的老實人，期待他做些浪漫的事，只能聽天由命！我經常說他是偶有佳作，差強人意，但仔細回想起來，也迭有佳績。記得是某年母親節，他代表孩子送一盆瓜葉菊給我，說：「買盆栽的比較便宜耐久。」我驚愕之餘，欣然接受。只見他的表情似笑非笑，一轉身又變出一把粉橘色的玫瑰，說「但是我覺得這個比較漂亮，送給我漂亮的老婆！」這下子我真的無聲勝有聲，因為那正是我最喜歡的顏色，而他竟然記得。再說，比起第一次送我的三朵，這一把可氣派得多！有一年情人節，當晚他帶兒子去上音樂班，比平常晚了很久才到家。兒子進門時遞給我一枝金莎巧克力紮的玫瑰花，說是爸爸要祝我情人節快樂。我因正在趕一篇論文，並不以為意，隨手就把它擱在一旁。兒子見狀，有點著急，又有點神祕兮兮的附在我耳邊耳語：

「媽媽，我告訴你哦，爸爸說等你睡著了，要給你一個驚喜。」

「什麼？」

「爸爸叫我不要洩密。」

「沒關係我不會說的，我會假裝不知道。」

「喂，你這小鬼！」

聞風而來的丈夫為了避免穿幫，乾脆提前曝光，把一個小巧精美的盒子送到我面前。

「是鑽石項鍊！爸爸說等你睡著，再偷偷放你枕頭下，明早醒來你一定很驚喜。」

在我小心翼翼拆封時，兒子早已迫不及待宣佈謎底，這小子他可比我倆都興奮啊。他更期盼我把那金莎巧克力賞給他，他認為他也參與了挑選的重責大任。

我「照例」又是「啞口無言」，實在太驚喜了。雖然只有零點幾克拉的鑽石墜子，配一條白金鍊子，但是那項鍊在我眼中，有如一顆宇宙的恆星那般光采耀眼、輝煌燦爛。很少戴首飾的我忽然為這貴重的珠寶憂慮起來了，我什麼場合才適合戴它呢？要不要租個保險箱收藏？以上，純屬誇張說法，在旁人眼中，那條項鍊實在微不足道，大多數上班族女性都有這麼一件行頭。也許我每次看到鑽石廣告都會發出讚歎，但總止於欣賞，而他竟記得了，在結婚第九年的情人節這天送給我這份禮物。人生至此，夫復何求？我不禁問自己，到底是愛慕鑽石，還是渴望丈夫的寵愛？

我是個迷戀春天的人，所以當年特地挑春天時結婚，這一點他也依了，而不是隨俗的「有錢沒錢討個老婆好過年」。後來他終於說等得好辛苦，早知道還是過年前就把你給娶回來。說著說著，一晃眼都十三個年頭，結婚十三週年沒什麼特別的名目（書上說叫呂絲紗婚），就讓這婚姻中的點點滴滴，為我們複習往日的甜蜜，攜手同步美麗的人生。

二〇〇一年三月，未刊稿

壓箱底的小荷包

丈夫出門以後，我把衣櫥裡的皮箱拿出來。

皮箱裡收納一些不常使用的衣物，我摸索到最底層，找出了那個灰色的小荷包。小荷包用平針縫得牢牢的，只留一個開口，我往裡一抽，抽出了一疊千元大鈔。十二張，我仔細數過，沒錯，總計一萬兩千元；對摺起來，也不過零點三公分厚。

衣櫥門板貼著一面大鏡子，我看到鏡子裡的人影，神情恍惚，面容憂戚，懷胎四、五個月的身形益顯笨重。

年關將近，我考慮把這筆錢拿出來應急，至少孝敬公婆、爸媽的壓歲錢得從這裡支出。還沒和丈夫商量，他也不知道我有這筆「私房錢」——最好別讓他知道，我考慮了幾秒鐘，拉開抽屜，把錢放進寫著「家用」的信封袋內。

從來沒想到自己會這麼「窮困」，窮到必須把出嫁時、母親給我的「財庫」拿出來救窮。我以為我會一輩子藏著這個小荷包，和裡面的鈔票，到七老八老，才和子孫述說這感人的往事。但是現在，我的第一個孩子還在肚子裡呢，我就必須花掉這些錢了。

記得結婚前夕，母親問我翌日要穿那一套內衣褲。我十分不解，只見母親拿出灰色小荷包，告訴我裡面是一萬兩千元，要給我隨身帶著。然後她就拿起我準備好的新內褲，把小荷包縫在褲腰上，說這就叫做「財庫（褲）」，明日我換上，穿在新娘禮服裡面，貼身帶著「財庫」，富貴吉祥。她又說，因為家境不好，只能供我讀書，也沒有多餘的嫁妝送給我，就這萬二元，給我保平安……

我還記得接過「財庫」時，感覺沉甸甸的，像接過母親慎重的叮嚀與無比寬厚的愛。其實應該說抱歉的是我，我為了自己的志趣，一路念到博士班，才剛找到專任的工作，就趕緊嫁人。我不但不曾賺錢貼補家用，連自己的嫁妝都沒有存起來。

但是不結婚也不行啊，剛考上博士班，母親就非常擔心這會妨害我的婚姻大事：臺大女博士呢，誰敢要啊？還好，同在博士班的他及時求婚。

由於兩人都還在念書，所以結婚所需，一切從簡。最重要的房屋問題，也由親戚借住，只收象徵性的房租。錯就錯在我們想要擁有自己的房子（誰不想呢？）於是很快就買了一間小公寓，從此掉進「錢坑」，每個月所得，統統扔進這無底洞，填也填不滿。

那是民國七十八年，房價狂飆。我們剛簽下買賣契約，政府就宣佈緊縮銀根，調高貸款利率，以遏止一年來房地產的暴漲歪風。我們倒真是「躬逢其盛」，承接高達將近百分之十的年利率。這叫打壓房價？這是棒打我們這對苦命鴛鴦啊！

俗話說得好：「貧賤夫妻百事哀」，我們雖不至於「牛衣對泣」，但捉襟見肘，在所難免。每個月收支相抵，連多買一包「乖乖」的盈餘都沒有——開玩笑的啦，但我們真的已經量入為出，連房間都分租兩間給別人，夫妻倆守著主臥室的套房，書櫃、書桌（兩張！）都得擠進去。要是可能的話，我們還想只住在這套房內，把客廳、廚房一起出租，以增加收入。房客是學生，也需要書桌、書櫃、單人牀，但我們連這些本錢都沒有了，只好回「大本營」去搬，婆家、娘家，凡我倆單身時所用之物，統統搬回來充數。

到了那年十一月，我才發現自己懷孕。這豈不是「屋漏偏逢連夜雨」嗎？在我們正需要錢時，正需要多兼差以廣闢財源時，我竟然懷孕！我還能做什麼？我因為害喜嚴重，在床上躺了一個月，之後便是不宜勞動、多吃多睡，「大身大命」的孕婦，我真是命太好了！不知道該為房貸哭泣，還是為肚中的寶寶而歡喜。原本我還感謝老天，我結婚前買的幾套漂亮衣裳，這幾年尚可充充場面，不必購買新裝。這下子臃腫的身材，非添購孕婦裝不可，連嬰兒衣物也是一筆不小的開銷。

然而寒冬雖至，雪中送炭者卻不乏其人。這使我不得不相信，肚中這個小娃兒自有福分。在八月間已生產的芳婷，立即將所有婦嬰用品轉送給我，其中還「夾帶」不少新品，心意不言而喻。惠綿因為體型的關係，必須穿著像孕婦裝的寬大洋裝，也送來兩件可愛的背心裙，並且說這是她穿不下的，使我無法追問、拒絕。同事張蓓蓓、沈冬，房客蕙君姊妹，還有一些親朋好友，孕婦裝、嬰兒床、小玩具，新舊並進，絡繹不絕。這股「進貢」的熱潮，直到翌年孩子出生、滿月，還持續發燒，更加進了奶粉、紙尿褲……

要感謝的人太多，來自公婆、父母的鼓勵與資助，更不用說。就像眼前這個空了的小荷包，裡頭的錢用完了，母親的愛與關懷卻永遠都在。

真的很難忘記，民國七十八年的舊曆年底，捏著小荷包，對鏡沉吟的那一幕。所幸父母的愛、朋友的情，為我抵擋嚴冬的風霜。而過了年，又是春暖花開，我開始安心的，準備做個幸福快樂的媽媽。

原載於一九九九年二月十三日《中央日報・副刊》

小鳥的家

和平東路上的一家早餐店，我們叫它「小鳥的家」。

現代人的生活是忙碌的，早晨趕著上班上學，更是忙亂無比。誰能夠在家邊看報紙邊用早餐，或者在早餐店享用剛出爐的燒餅油條配豆漿，那真令人羨慕極了。

可惜的是，我們真的很忙，永遠是一袋三明治奶茶，神色匆匆走在上班路上。那時，五歲多的兒子常常指著早餐店的座位說：「我要坐坐。」而我們總是抓緊他的小手，半拉半拖地吼他：「沒時間了，你給我快走！」多麼無辜的孩子，連坐下來吃頓早餐的願望都是奢求。他的用餐大典，通常在自家汽車後座進行，要不然就是到幼稚園去邊吃邊玩，到傍晚回家，還剩下大半個變形的三明治。

什麼時候可以坐下來，舒舒服服享用早點呢？每當排隊等候找錢時，就忍不住如此喟歎。環顧這家店，狹長的店面，以外帶為主，但店內仍設置幾張座位。確實有人悠哉悠哉地啃著火腿蛋三明治，啜口咖啡，看一下報紙。老闆也算懂得美化環境，在騎樓下放著幾盆發財樹、綠色盆景，簷間的橫樑，又垂掛著幾個鳥籠。大約是畫眉、八哥、綠繡眼一類的。

更重要的是，不知什麼時候開始，老闆在這個小小的區域放一張小圓桌，兩三張椅子，隔著寬大的人行道，看馬路上的車水馬龍，這兒儼然是另個天地，很有露天咖啡座的味道。於是我們也發現，這兒成了最受歡迎的座位，只要有時間坐下來用早餐的，大家都搶著坐在這裡。

終於，有段時間，每個星期的某一天，我們可以不必那麼匆忙，可以光明正大坐下來用餐。老闆把東西送過來時，兒子嚐了一口：「好香的花生三明治！是熱的吔！」他一口一口慢慢撕、咬、嚼，又用吸管把奶茶吸得嘖嘖響，這真是一頓豐盛又美味的早餐啊！我們也一直在留意，那個特別座空出來沒有。好不容易等到那麼一天，剛好空著，我們趕緊坐下。

「哇！這裡是小鳥的家。」

兒子剛坐下去，立刻站起來，踮起腳尖，想要逗小鳥玩。這個可憐的都市小孩，他第一次和鳥兒這麼親近。有個鳥籠掛得比較低，他就湊過去，看小鳥上下跳躍，啁啾吱喳，「看，小鳥啄米。」「看，小鳥喝水。」「啊哈，小鳥不乖，牠在玩水。」第一次搶到特別座，兒子只顧著看小鳥，差點兒忘了早餐呢！

「小鳥的家」從此成為我們的暗號，代表充滿喜悅的早餐時間。有時候兒子賴牀，只要跟他說：「今天我們要去小鳥的家吃三明治喲！」他一定立刻起牀。自動迅速梳洗，然後反過來催促我們快點出門。

小鳥的家，忙碌的都市早晨裡，一個悠閒自然的小世界，是我們和兒子的最愛。

原載於二〇〇〇年五月一日《人間福報・覺世副刊》

扛一棵樹回家

又是耶誕節將至，書店文具店早已被耶誕卡佔據，百貨公司的櫥窗也是紅綠相配，要不就是金蔥銀線圍繞一片片雪白——不下雪的臺北彷彿也有個銀色耶誕！

在這個時節，孩子，讓我為你扛一棵樹回家。

我沒有辦法給你一座森林：裡面有愛唱歌的小鳥、愛奔跑的小花鹿、愛磨牙的小松鼠。在那裡，樹木都長得老高，真的，又老又高；老到每棵樹都長鬍鬚、白頭髮，高到不用望遠鏡，也可以看到地球的另一端。當然還有一條彎彎的小河，河裡的小魚最愛給小朋友搔癢——在這裡，不只夏天可以玩水，冬天也行。因為雪花飄下來，統統變成綿綿冰，含有天然的糖分，吃了會更快樂，更喜歡幫助別人。如果你是小紅帽，不要怕，這裡的大野狼最怕你向牠挑戰，跑步、躲貓貓、跳房子，每一項你都會贏。如果你是傑克，不要怕，巨人已經學好了「情緒管理」，只要你有禮貌問聲好，他也會做個好主人招待你。還有，那個巫婆和她的糖果屋，也已經改成愛心商店。如果你不小心迷路，可以進去歇歇腳，打個電話等爸媽來接你。

我沒有辦法給你這樣一座森林。所以，孩子，讓我為你扛一棵樹回家。

這棵樹至少要像爸爸一樣高：五歲，你只能抱著它的大腿；十歲，你摟到了它的腰；十五歲，你墊起腳尖，興奮地說：「我快要跟它一樣高了！」然後是二十歲，你鐵定跟它一樣高；二十五歲，它變矮了；三十五歲，它變老了，而你應該也當了爸爸（媽媽），有個五歲的孩子；四十五歲、五十五歲、六十五歲……呵呵，那時候應該不只一棵樹才對。

我沒有辦法給你整座森林。但至少，我可以為你扛一棵樹回家。

這棵樹我要掛上亮晶晶的星星和小鈴鐺，我還要翻出針線盒，用碎花布縫一些小貓小狗，最好再捏幾個小人兒，陪他們玩耍。我也想在樹梢黏一點點棉絮，假裝下過雪的樣子。還有還有，金色銀色的彩條、五彩的閃光燈泡，也都不能少。剩下的枝枒就讓你隨便掛，學校的美勞作品、買零食附贈的小玩意兒，只要別把樹壓垮——這棵樹我可想用很久，每年都添點兒新的裝飾。我希望將來有個孩子跟他的孩子說：「這是我媽媽做的。」「這是我奶奶做的。」「這是我奶奶的奶奶做的。」……呵呵，這麼多小東西，子孫滿堂的，那時候應該不只一棵樹才對。

孩子，我要為你扛一棵樹回家。雖然我們不是教徒，但我寧可你相信這世界上有耶誕老人，而且他一定會送禮物。別擔心我們家沒有煙囪、你的襪子太小，當耶誕老人看到客廳的這棵樹，就會知道把禮物放在樹下。

孩子，我將為你扛一棵樹回家。我希望這棵樹還帶著青翠的松香味，但他們告訴我，這裡只能找到這樣的一棵樹：分成五節的塑膠製品，掰開來還會掉下小葉子的「五尺耶誕樹」——他們說它幾可亂真，當拼裝起來，掛滿耶誕飾品之後。你呢？你會不會擔心耶誕老人看穿這把戲，掉頭就走？

孩子，我只能為你扛這樣的一棵樹回家。假裝下過雪，假裝這世界上有耶誕老人，假裝這是一棵真的耶誕樹，假裝假裝……很多很多的假裝，孩子，你不用太擔心，樹下的禮物一定是真的。

原載於二〇〇〇年十二月二十三日《人間福報．覺世副刊》

歌聲不要停

那天，帶女兒去上舞蹈班。在公車上，很幸運找到座位，女兒坐下後，先是憑窗看街景，後來大概覺得無聊了，就開始唱起歌來。從〈妹妹背著洋娃娃〉唱到〈幼稚園畢業歌〉，稚嫩的童音，偶爾走調、忘詞，惹得旁人頻頻注目、暗笑，但她卻唱得渾然忘我，不亦樂乎！而每唱完一曲，她總是偏過頭來問我：

「媽媽，好不好聽？你還想聽哪一首？」

我想聽哪一首？還來不及回答，她已經自動唱出來：「五月裡開滿了康乃馨花，第二個星期天送給媽媽。康乃馨、康乃馨……。」

雖然母親節已經過去很久了，但她仍然很認真地唱，還一邊做手勢，兩隻小手捧著，好像真有那麼一朵康乃馨要送給我。我的心裡甜蜜蜜的，嘴角不自覺浮出笑意；雖然公車裡乘客漸多而擁擠，但旁人的注目禮，恰好增長我那一份做母親的虛榮哩！

有什麼比這個更叫人忘憂的呢？當懷中的嬰孩逐漸長大，會走、會跑、會跳、會說話、會唱歌，還會撒嬌，甚至學會了感恩——也許那只是學校老師教的，但第一次從孩子手中接過母親節卡片，和一朵色紙做的康乃馨，有那個母親不是笑得開懷，甚至溢出幸福的眼淚呢？尤其我這個女兒，她出生之後，也正是我的博士論文進入緊鑼密鼓的階段，因此我不能經常回去婆家探望她，一切有賴婆婆代為細心照顧。日與夜，平時與假日，我一邊埋首書堆稿紙，一邊陷入痛苦的思女情懷。雖然，老大（兒子）已帶在身邊，但對於老二的她，我仍感虧欠。直到取得博士學位，才把她接回來，共享天倫之樂。那時，我總是擔心，她會排斥、拒絕，不認我這個「假日媽媽」！所幸，她個性活潑熱情，而且親情天性，一回到家裡來，馬上和哥哥玩在一起，更欣慰的是，和我很「親」，很多事都是「要媽媽」，指定我來幫她。她和外子也是親得不得了，以至於剛上幼稚園時，她在校門口大哭，喊著：「我不要和小朋友玩，我要在家和爸爸媽媽玩！我要和爸爸媽媽玩！」

就是這個「玩」字，很快拉近了我們的距離，彌補了那兩年多的空白。外子是「動作派」，經常和孩子「打鬧」在一起，把他們舉高、搖晃，讓他們又害怕又樂此不疲。也是這樣，才發現女兒的腰肢很柔軟，而且喜歡嘗試各種高難度的動作，於是就送她去學舞。我們不期望她變成芭蕾明星，只希望她「玩」得快樂、開心。至於我呢，我變成「故事媽媽」，每天睡前的牀邊故事，是小傢伙們最期待的時刻。我們一起講〈三隻小豬〉、〈七隻小羊〉的故事，每當我故意用沙啞的聲音說：「孩子們，快開門呀，媽媽回來啦！」他們兄妹就會裝出小羊的聲音，很害怕又很勇敢的回答：「你騙人！我媽媽的聲音很好聽，你是大野狼！我們不會開門。」故事總是在大野狼「死掉」之後結束，而我的小羊，總是得意忘形，「玩」過頭了，非等到大野狼再爬起來，把他們摟在懷裡才肯乖乖睡覺……。

這些記憶，隨著孩子們逐漸長大彷彿也淡化了。我想起，有次送女兒到舞蹈班之後，就在旁邊的家長休息區等候。透過落地的鏡子，我看見女兒高䠷的身影在鏡裡舞著。她出生時重達四千一百公克，屬於巨嬰之輩，此刻，和同齡孩子比起來，更是「鶴立雞群」，特別突出。她的動作不是最標準的，但她的眼神卻非常認真。在我眼中，穿粉紅舞衣、梳著兩個小鬢的她，就像一朵含苞的蓓蕾，隨著輕柔的音樂，在空中畫出優美的弧度，搖曳生姿。我知道，她終會變成高貴的天鵝——在一次又一次的抬頭、挺胸、墊腳、轉圓圈之後。

平常都是由外子開車接送，偶爾才由我帶女兒坐公車去舞蹈班。有時人多沒座位，大個子的她挨在我身邊，抱緊我的腰，公車開動時，還是踉蹌。有時有了座位，她卻呼呼睡著了。

畢竟還是個孩子，不過剛上小學的年齡。這會兒，她唱歌的興致還正濃呢，唱完了〈康乃馨〉，又接著唱〈兩隻老虎〉。

我多麼希望，這快樂的歌聲不要停，我願意陪伴她，在成長的列車上，永遠歌唱下去。

原載於二〇〇〇年八月十六日《人間福報・覺世副刊》

重來的幸福

有些時候，我們不免感慨，歡樂時光容易過，幸福永遠不會重來。也有些時候，我們感謝上蒼，在我們為人父母之後，因著兒女，又拾回失落的童年。陪伴兒女成長，正是日漸庸俗老氣的我們，重返人生伊甸園的大好機會。在這條路上，愛與幸福都會重新來過。

去年，是世紀末多事的一年。在全世界開始陷入迎接千禧嘉年華的熱潮時，我們臥室窗前的龍吐珠也長得枝繁葉茂，並且悄悄地含苞、吐蕊，開得繽紛燦爛——其實，那不過是我們隨手插枝，也沒特意照顧，它竟然就自己繁殖生長，不過是一年多的時間罷了！我們一點兒都沒想到，這是上蒼播下的祕密種子，繁花嫩蕊正是給我們的豐富暗示，只可惜我們夫妻倆都沒有讀懂。

等到那麼一天，祕密的種子萌芽了，我才知道我幸運「中獎」——在兒子十歲、女兒八歲的這年，送子觀音竟然又送來第三個寶貝。算算自己都已經是卅七的「高齡」了，若翌年生下這第三個寶貝，待他小學畢業，我已是年近半百的老嫗；他大學畢業，我恰好六十大壽；他如果晚婚，我將是七、八十歲的老朽——為了他，我得多活十年，起碼要登上九五之尊，他才不會有中年喪母的悲哀。天啊，多麼遙遠的一條路！

然而就像友人所言，生命誠可貴，孩子來投胎，也是有緣，高齡產婦不稀奇，更有多少人受不孕之苦！我不曾興起「不要」的念頭，我知道我一定會生下他，因此更覺得任重道遠。也有朋友告訴我，某人的兩個孩子相差十幾歲，某人在老大上大學後又生了個老三。還有人「現身說法」，告訴我他就是家裡「多」出來的孩子，但是他跟父母最親……突然間，吾道不孤，並不是所有的夫妻都是「一個不嫌少，兩個恰恰好」那般「標準」。事實上，我們的社會日趨高齡化之後，兩個孩子養一對父母已略嫌吃力，生第三個的人，對社會可說更有「貢獻」——這是我最後歸納的結論，以便讓自己光明正大、歡天喜地的向全世界宣佈：「我又懷孕了，我要生第三個孩子。」

我們的第三個孩子，在二〇〇〇年的春天誕生，是個健康活潑的女娃兒。我曾經開玩笑說若生個男孩，取名多福，若是女孩，就叫瑜（餘也）。但是她的哥哥姊姊都抗議，認為這樣的名字不好聽，應該像他們一樣，用排行字起頭，配上典雅的字。於是就把從前配過的一些名字拿來看看，選了個「潔」字給她。哥哥說，筆劃好多喲。我又開玩笑說，誰叫她這麼晚才來報到，簡單的字都被選光了。

潔兒尚未滿月就會微笑，睡眠時嗯啊有聲。最愛洗澡，如魚得水。第四個月會翻身，現在五個多月了，開始摸索爬的方法。這些歷程，天下父母一定感覺似曾相識。接下來的長牙、學步、學說話，懂得思考、表達情感，每一階段，無不充滿驚喜。如果，我又喚起了半夜起牀泡奶的痛苦，那麼這些成長的喜悅就是加倍的補償。

每個來探望我們的朋友都說：「好有勇氣哦！」一如我從前對另個友人的讚歎與崇拜：「你好偉大呀！」她是三個男孩的媽媽，說起自己的三個小壯丁，仍然一臉幸福滿足，沒有絲毫倦怠。她總想著，什麼時候再生個會撒嬌的女孩。

時常看著潔兒熟睡的臉，有時覺得她像哥哥，有時又像姊姊。每晨醒過來時，她會自己玩耍，待我們注意到她，則露出燦爛的笑容，尚未長牙的小嘴兒張得老大，另有一番嬌憨的美。我在想，等她長大，鬧彆扭時一定會問我：「我是不是多出來的？」我要怎麼回答她呢？

應該說：你是童話裡的老三，最後登場，也惹人最多的疼愛。你是皇冠上最後嵌入的紅寶石，光彩耀眼，永遠吸引眾人的目光。你是五指中的小拇指，最小、最俏皮。你是愛的宣言裡，最完美的句點。你是——

你是重來的幸福，不可「多」得——

我想我會用這麼簡單的兩句話回答她，在必要的時候。

原載於二〇〇〇年九月二十七日《人間福報・覺世副刊》

輯五　生活的傳眞

爸爸向前走

從來，那眼神是充滿威儀的，炯炯有神，肅穆莊嚴。

不消說，那眼神也是令人敬畏有加的，尤其是孩子們，幾乎不敢正視那對眼睛，只能感覺那氣勢，而且早就逃之夭夭，躲得老遠。

於是，很多事情都得透過另一雙眼睛、另一張嘴去轉述，包括彼此之間的關懷與愛。

我說的是我的爸爸。爸爸並不是軍人，只是個鐵工，由於個性木訥，為人謹嚴，因此在我印象中一直具有如此高大的形象，我們做子女的，不敢造次。

但是如今境況全然不同，那眼神，在我手中的一張家族合照上，那眼神茫然空洞，直愣愣望著鏡頭——也望著我，彷彿在向人懇求什麼，又彷彿直看到人的靈魂深處，再也回不到他自己的眼窩裡。

那眼神在說著什麼呀？說命運的乖舛、不公平，說人生的橫逆難料……但願我能讀懂，因為一向負責轉述的另一雙眼睛、另一張嘴——我的媽媽已經心力交瘁，無法訴說什麼。

今年秋天，爸爸到臺大醫院動手術，是工程浩大的冠狀動脈繞道手術。手術時間長達十小時，術後情況也十分樂觀，一切似乎都在掌握之中。孰料，第五天一早，實習醫生來拔掉爸爸頸部的軟針，陰錯陽差的，引發了腦溢血（中風），爸爸再度被送入加護病房。

雖然主治醫生說這只是時間上的巧合，機率極小，心血管硬化的病人也極易引發腦溢血，在手術前、後，都有可能——但對病人家屬來說，什麼樣的解釋都無法寬慰其心，傷痛已經造成；而同樣的，什麼樣的抗議也都無效，因為一切都不能挽回。

不能挽回的命運啊，只能向前走。就像那失落的眼神拾不回來，只能用親人的叮嚀，隨時扶他一把。

也許我仍應感恩，爸爸在癱瘓一個月之後，逐漸可以自己慢慢行走，現在只須復健，加強手部的恢復功能。但是我問誰去討回那熠熠的眼神呢？爸爸原本就沉默寡言，如今因右側中風，說話時嘴巴總會向右上角歪斜，他努力吐出的一字一句，都是血淚。

記得爸爸緊急送入加護病房時，他的意識已略微清醒，他的眼睛四處找尋，怕我們不在他身邊，他一個一個叫著我們子女的名字，唯獨漏了妹妹。「她嫁到內壢，比較遠，趕不來嘛。」事後他曾經這麼解釋著。他一向怕給子女添麻煩。而後，他又陷入昏迷，口中唸著的是大弟的名字，因為大弟學歷最低、工作最辛苦，是他最不放心的一個。過幾天，他甦醒，對著我流淚：「這次我不會好了。」原本決定要動手術，他就下了莫大的決心與勇氣，誰知道手術完成了，尚未出院卻又因中風的意外而移至加護病房。否極泰來，泰來否極乎？

「我是誰？」

「你哦，你是我雇用的人啦。」

「是喲，三、四十年了。」

僥倖逃過一劫後，在復健科病房，媽媽故意考驗爸爸，怕爸爸認不得她。爸爸也佯裝癡傻，說媽媽是他雇來的傭人。說得也沒錯，柴米油鹽，穿衣吃飯，從年輕到老，爸媽已共度超過四十年的時光。當爸爸住院，時時刻刻都需要媽媽照顧。這兩三個月來，媽媽不曾抱怨或傷心流淚，只有在說到爸爸因情緒不穩定而失眠吵鬧時，才見她伸出手指抹淚。她不是厭倦，而是心疼：「好好一個人，怎會突然變成這樣？」

多次到復健科探望爸爸，常見媽媽餵他吃飯，扶他上下牀，尤其初學走路時，更是一步一步呵護。那情景宛如兩人合跳一支雙人舞，一退一進，還要提防爸爸突然失神放手，向後傾倒。身著白色運動服的媽媽，和也是穿著白色睡衣的爸爸，在白色背景的醫院裡，就這樣一次次跳著他們的「白色雙人舞」——而爸爸的髮頂禿了，媽媽的頭髮也一天比一天白啊！

夜深人靜，我注視著照片中的爸爸。媽媽沒在裡面，記得拍照時她好像剛好到廚房去忙了。爸爸的眼神黯淡無光，心情也極消沉，因為復健速度比他想像中慢了很多。但是，爸爸，請聽我說：不能挽回的命運，只能勇敢地向前走；失落的眼神，請讓我們一片片為您撿拾，只要有信心——就像醫生護士親友，甚至公園裡的陌生人鼓勵我們的，一定可以恢復健康，行動自由。爸爸，您在看著我嗎？可聽到我的呼喚：

爸爸，向前走！

原載於二〇〇一年二月二十四日《臺灣日報・副刊》

山與海的歡唱

籌劃已久的花東之旅終於成行。返家後的我，一邊清洗髒衣服，一邊卻忍不住哼起歌來。看啊，洗衣機裡旋轉的水流和泡沫，還真像澎湃的海洋和浪花！

自去年九月以來，我的心情時常陷入愁雲慘霧之中。父親心臟手術後卻突然中風，接著母親的腳踝關節也動了手術，這其間又逢弟媳婦生產，一家老小，都需要照顧扶持。我已經結了婚，也有自己的小家庭要負擔，蠟燭兩頭燒，生活像多頭馬車一樣慌亂。而最令我憂心的是，復健中的父親始終愁眉不展，在旁協助的母親已經疲累不堪了。

我想起我曾經有過的心願：等我開始工作賺錢，一定帶爸媽去旅行，像小時候爸媽帶我們一樣。念頭一起，我就努力遊說雙親，希望趁著暑假來一趟家族旅遊，坐火車到花蓮臺東遊覽。坐火車是我小時候最盼望的，而花東地區則是母親夢中的最愛。

遊說成功！出發前夕，我輾轉難眠。我已向李老師借了輕便型的輪椅，以便給父親或母親使用，當他們感覺勞累時。而一向與母親姊妹情深的三阿姨深知此行亟需人力支援，就吆喝她的家人熱情參與。於是，一行十五名，從七十歲的父親到一歲四個月的我的小女兒，男女老少，和那部「友情贊助」的輪椅，將助我完成這「超級任務」。八月廿七日早晨，觀光列車追著東部海岸線奔跑，我的心跟著飛揚起來。看看座位對面的母親，微微露出笑容，而父親一臉平靜，至少他的眼神是清亮的。我想，本來就沉默寡言的他，這個「一號表情」已代表他內心的喜悅了。

為期三天的旅程，我們欣賞了海浪手牽手跳舞，也忙著撿拾岸邊的「寶石」。而天空總是那麼藍，彷彿和海比美似的。就連白雲的變化，也不輸給浪花的倩麗。進入橫貫公路，九曲洞、燕子口的景觀，只能用「雄偉壯麗」、「鬼斧神工」來形容。很難想像整座山嶺都是大理石，而每個露出的石面，都有著獨特的紋理。

這些美景，父親總是靜靜的欣賞，而母親總是隨時問他：累嗎？渴嗎？餓嗎？溫柔體貼的母親似乎忘記自己的腳傷剛剛痊癒，總是把輪椅讓給父親乘坐。而推輪椅的人，有時是我，或者我先生，有時是三阿姨、姨丈，或者他們的女婿阿賢，其他人就負責照顧那些小蘿蔔頭。我那十一歲的兒子，已經可以幫忙背著小妹妹的奶粉尿布，九歲的大女兒則扛水，冷熱共三壺。當我落在隊伍最後面，看著前頭老老少少的身影，總忍不住內心的感動，是這多重的人間溫情，使我逐步逐步走上這愉快之旅，一償宿願。

記得在遊覽車上，司機先生還打開伴唱機，讓我們點歌歡唱。父親歌喉不錯，本來也很愛唱「卡拉ＯＫ」，但這一年來已因病而意興闌珊。沒想到，這會兒在母親的鼓勵下，父親先後唱了五首歌：日語的〈愛你入骨〉、〈蘇州夜曲〉，臺語的〈愛拼才會贏〉、〈日日春〉和〈白牡丹〉，唱得連司機先生都為他拍手叫好！當然，這些拿手歌曲，都是由母親為他「建檔」的，母親自己也唱了國語的〈祝你幸福〉和臺語的〈歌聲舞影〉。表妹、姨丈、我的先生，和那群孩子們也都唱得很過癮，我呢，我負責輸入歌曲代碼，權充「卡拉ＯＫ」的老闆娘！「歡喜就好」，山水如此優美，歌聲更是動人——我終於看到母親開懷的笑容，父親的嘴角也微微上揚。

「下次我們要去哪裡玩？」

在回程的火車上，每個人的臉上略有倦容，卻仍然高聲討論著下次的旅行。也許是坐飛機去金門吧，那是父親服兵役的地方，我想帶他回去看看。

原載於二〇〇一年九月十八日《國語日報副刊・少年文藝版》

午夜傳真

靜謐的午夜，傳真機突然嘟嘟作響。

外星人？

正窩在沙發上看影集的丈夫和我，不由得挺直了身軀，豎起耳朵觀察動靜。已經是凌晨兩點多了，有誰會傳真給我們？難道是影集裡那些怪模怪樣的外星人，他們探查到我們正在研究他們的行蹤，所以發個訊號過來？

「嗶——嘶、嘶、嘶……」

彷彿有人隔著外太空敲打鍵盤，傳真機吐出了一行又一行的白紙黑字。寫的還真不少，密密麻麻的兩頁。

「嘟——」

代表結束的嘟聲一起，丈夫迅速撕下傳真紙。我也湊過去看。

「媽：又好久沒寫信給妳了。」

媽？丈夫的媽和我的媽都沒和我們住一起，莫非我莫名其妙的添了一個外星兒子？不，不，是個女兒，因為那信上說：「一個人在國外的生活，真的是孤獨的。也許你們一定是認為我被愛情沖昏了頭，因懷孕而結婚。但我想了很久……」

不對，不對，是個兒子，懷孕的是他的女友，信接著說，女友是個烏克蘭人，名叫Olguita，已經錯過了墮胎時機，所以他們決定結婚，共組小家庭……。

總算真相大白，不是外星人的傳真，而是一個住在外國的留學生寫給他媽媽的「真情告白」。這封信字跡還算工整，至少一筆一劃皆可辨認，偶見錯別字也無大礙，所流露的情感，有懺悔，有堅持。雖不算「文情並茂」，但想必鼓起好大的勇氣才下筆，所以不知此時正是「老媽」酣睡入夢的深夜，一寫完，就閉著眼睛傳送出去。

可是，傳錯地方啦！

我兒子今年才八歲，我確定他正在房裡睡覺。更重要的是，我可沒有大筆的資金可供他去開店營生。信末說：

「我也應學習獨力（立），……我只知道我要做個付（負）責任的人，我只希望你能在剛開始時幫助我，不要一味由女方出錢。……所以請你先不要抽走錢，讓我有一點基礎好好做事。」

看來這封信是來告急求救的。做媽媽的反對兒子「棄學從婚」——而且還娶外國女人（我猜），所以臨時「抽車」，切斷經濟支援，讓他山窮水盡，看他如何！

一九八八年八月十五日，凌晨二點三四分，我捧讀手上這份外太空，不，從外國傳送來的傳真家書，不知如何是好。我很想回傳給他，告訴他傳錯了，趕快找到自己的老媽懺悔，才不會被「斷頭」啊！可是偏偏那發信號碼很不清楚，我要回傳，傳給外星人還是上帝？

怎麼辦？我開始猜想，他現在一定是忐忑不安的，唯恐老媽一接到傳真，越洋電話就打了過去，劈頭便是：「你這個不孝子，你休想！你以為我送你去×國讀書是為什麼？為了娶個洋老婆，生個洋孫子？你既然這樣，我一毛錢都不會給你！」

然而也許過了今天、明天、後天，很多天，都毫無回音，他更焦慮了，難道老媽真的狠下心來不理人，索性視若無睹，管他求爺爺告奶奶的，老娘這回是吃了秤坨鐵了心，就當沒有這個兒子！

也許，像他說的「又好久沒寫信給妳了」，傳真號碼是對的，可是那老媽早就搬家換電話了，難怪他找錯了娘。

這不會是一場夢吧？午夜時分，我必須承認，我看電視看太久，有點兒精神恍惚，應該早早去睡覺。

「或許我的這段婚姻你們都不贊成，而我只有努力做給你們看，對不起你們的是，就算你們說不，我還是會繼續下去，我不會拿我的未來開玩笑。」

好吧，乖兒子，乖兒子，你就做個有志氣的孩子，愛情是要付出代價的。你要做個獨力（立）、付（負）責任的人，為娘的很高興——只是，不要來跟我要錢！

如果我是那個「媽」，我想我也只能這樣說。在情海沉浮的人，總不願承認自己是被愛情沖昏頭。愛情的偉大，就在於它使人「忘我」，忘了我是誰，忘了最初的目標，忘了自己的家人，眼中只有此時此刻，只有自己的最愛。

我又冒著侵犯隱私之嫌，把這份傳真摘錄出來——我這可是為你好啊，「兒子」，說不定你媽媽正好打開報紙，看到這篇文章，想到你午夜傳真情，當下感動得涕零如雨，與你和好如初，恢復母子關係。而你，大可當個幸福的新郎、快樂的「準」爸爸，因為做媽的已經回心轉意，當個現成的奶奶也不錯。為了她的「金孫」，她願意源源不絕的提供支援，讓你財源滾滾的。

一切都會如意的，「兒子」，別擔心。當傳真紙上的字跡日漸模糊，我相信你仍會「繼續下去」，堅持自己的抉擇。

祝福你和那個烏克蘭新娘，她的中文名字，應該叫歐吉塔吧？生了孩子，別忘教他學中文。

當傳真紙的字跡完全褪去，變成空白一片時，「兒子」，別難過，這世上至少有我，接收到你的午夜傳真。

下次傳真後，別忘了再打個電話，ＯＫ？

原載於一九九八年十二月十七日《聯合報・副刊》

誰要吃橘子

這世上，除了西瓜，還有什麼比橘子更當得起「水」果之名呢？薄薄的橘皮一剝，裡頭十個胖小子圍成一圈，個個精神飽滿，汁水淋漓的樣子。果然是「水」果，而不是像香蕉那樣的「乾」果。

誰要吃橘子？如果你不怕酸，就勇敢的掰開來吃吧！如果你想嘗嘗甜頭，也勇敢的掰開來吃吧！吃到酸橘子，只怪你操之過急，才剛上市的綠橘子誰叫你急著吃。「一年好景君須記，最是橙黃橘綠時」。要不要打賭，蘇東坡喜歡酸橘子，不然他為啥寫這樣的詩句。吃到甜橘子，好樂！但一想到琦君的小說《橘子紅了》，管他橘子紅了還是黃了，那小說中的老爺大伯就是不回來——這時，橘子是甜的，心是酸的呢！

然而橘子最叫人無法消受的，不是酸或甜的猜謎遊戲，而是那下肚之後的飽脹感，滿是富含維他命C的水份，不喜歡吃的人，真感覺是「一肚子苦水」啊。所以飯後水果若是橘子，你可得有心理準備，必須先在胃裡留下空位，「虛位以待」，讓那多汁的水果灌飽腸胃。不喜歡吃橘子的人一定很能體會，迎神賽會時，拜神用的大豬公，嘴裡塞著一顆大椪柑的感覺。牠雖然升天了，仍然努力咬緊橘子，免得滑下喉頭，又被「撐死」一次。看，水冬冬的橘子，連豬都嫌。

——橘子啊橘子，有人這麼不喜歡你，但大詩人屈原還是為你寫了一篇〈橘頌〉，也稍可安慰了。

碰上愛吃橘子的人，簡直比橘子本身還可惡。他們總是自顧自的剝開橘子，一分兩半，又在未經同意的情形下，直遞到你面前：「吃橘子。」說得輕鬆自在，好像說：「吸口氣吧。」那麼簡單。他們全然不知，有人不吃橘子，就像你有時不得不「忍氣吞聲」，閉氣三十秒，以謝絕汽油味兒干擾嗅覺。而且，愛吃橘子的人，隨時隨地都可以吃，就算你預留餐後的「胃」子，早晨十點多，下午三點多，碰到個「橘子人」，冷不防他就掏出一個橘色小球，「吃橘子吧。」天啊，橘子不只是水果，還可以是點心、下午茶。拜託，可別宵夜也來個橘子。

果不其然，如果你的另一半也是個「橘子人」，在刷牙睡覺前，他可能給你這樣的晚安道別：「吃個橘子再睡吧。」

天啊，令你無所遁逃的橘子！拜託拜託，明日的早餐桌上，可別再出現「橘影幢幢」。一覺醒來，沒有橘子，謝天謝地。今天的早餐是，三明治和——最新進口的「×牌橘子汁」！差點沒昏倒，比柳橙汁更「橘子」的橘子汁。是誰發明的？你一邊「痛飲」那橘色的苦杯，一邊齜牙咧嘴，連下十二道秘密咒語。

「誰要吃橘子？」你多麼希望，這話不是向你問的。或者，有朝一日，你也會像其他人一樣，「好啊！分我一半。」可是很多次了，你一聽到橘子二字，兩頰就開始痠軟，唾液分泌加速，嚥下去，又覺得胃酸跟著冒上來。無辜的橘子，無辜的你，更難忘那一段酸酸甜甜，有橘子味兒的對話：

為什麼不愛吃橘子？怕酸。

為什麼不愛吃橘子？懶得剝皮。

為什麼不愛吃橘子？水份多，撐。

為什麼不愛吃橘子？橘子太甜，思念太苦。

為什麼不愛吃橘子？哦，答案很長，要用一生的時間來回答你。

原載於二〇〇二年一月三十一日《臺灣日報・副刊》

麵包傳奇

那個白色的箱型機器終於靜止了。先前它在那裡吱吱嘎嘎、轟隆轟隆的叫著，還左右晃動，真讓人懷疑：葫蘆裡到底賣著什麼藥？

過了半晌，靜止的機器像是醒了過來似的，從透明蓋裡冒出陣陣香味，夾雜麥子香與牛奶香的囈語。

嗯？我用力吸一大口氣，確定我聞到了這味道。

嗯——嗯，好香啊！香味像一條繩索，牽著我的鼻子向前走，來到廚房的角落。我湊近一聞，沒錯，就是它，這白色的魔術箱，在透明蓋下，有一團白色的麵團已經發酵膨脹，而且正在長高、長高、長高，金黃色的外皮正散發出陣陣誘人的甜香。再等幾分鐘，魔術箱會發出嗶嗶聲，我就可以伸手一探，抓出一隻小白兔——喔，對不起，我太興奮了，是一條香噴噴的鮮奶土司。

「成功了！」我從燙手的模型裡倒出熱騰騰的麵包，經過很多次試驗，這次我終於做出一條好吃又好看的土司。想像待會兒家人一定垂涎三尺，我就更得意了。

幾個月前，在趙老師和李老師強力推薦下，我買了這個小家電。本來我還很猶豫，我哪有時間自己做麵包？但她們兩位屢次以「成果」相贈，新鮮美味的口感實在太誘惑人了，我終於掉進溫柔的陷阱，從此加入「自己做麵包」的工作隊。

做麵包很像在做實驗，按照食譜放入水、油、麵粉、糖、鹽及發粉等材料，但是實驗結果卻經常出人意表，有時成功，有時失敗。妙的是，食譜上還詳列各種失敗的情況與解決之道。有的是可以及時補救的，有的則只有兩個字：重做！看起來很受挫折，但想想也沒什麼大不了的，人生固然不能重來，但有什麼事不能重做呢？就是因為有這種重新出發的精神和毅力，人生才能多彩多姿啊。每次我把材料倒進機器，我覺得就像在等待一個夢想實現，有無限的可能，充滿驚喜。

剛才做好的麵包已經涼了些，可以撕開來吃，更有咬勁。我一邊啃著，一邊迫不及待的翻著食譜，心想：下次可要進階了，做個挑戰性的法國麵包！

原載於二〇〇一年四月十七日《國語日報副刊・少年文藝版》

媽祖不在家

和阿倫結婚以來，時常接到他學生來信、電話。尤其是白沙分校的學生，雖然阿倫已經離開當地，學生也畢業，另去升學工作，但聯絡最勤的還是他們。這天，郵差送來一封信，信裡夾著一張結婚照。是雲！那個叫人牽掛的「小媽媽」，她終於有了圓滿的結局，我們好生慶幸。

遂想起了四、五年前的那趟旅程。海是那麼靜，沙灘那麼美，我和阿倫初初攜手同行，他想帶我一訪當年任教的小鎮……。

慶典的尾聲

來到白沙屯，已是慶典的尾聲。「三月猶媽祖」，朝香的人潮，向城市移動，媽祖，也被信徒迎請，「回娘家」到大甲去省親去了。虔誠、狂野，難以名狀的熱情，餘溫猶存，迴盪在這鄉間的窄巷。

巷底人家多半昨日已經宴客過了，傳統式的、民間的「辦桌」，牆角、路面一些油污印，成打成箱的空酒瓶、汽水罐，和未處理的垃圾，說明了一切。

我們是來遲了。

遲來的客人，走過一戶戶人家，大門泰半是敞開的。我們瞥見宅中大飯桌上的「菜尾」，飯桌旁的老人、小孩們，直瞪著眼，看四個陌生人吱吱喳喳走過。我們在找路，找人啊！領頭的阿倫，是此行的主角，多年前曾在此地的國中任教。這次，應學生邀請，回來吃拜拜。除了我們，同行的還有郭和江。

對於這個小鎮，和那些學生，阿倫有著深刻的記憶與情感。那年，師大剛畢業的他，對學生相當嚴格，贏得「王爺」的「敬稱」。但也因為「好管閒事」，和一些學生結成忘年之交，至今仍彼此惦念。像預定今晚招待我們住宿的瑩，雖然人在外地工作，還是搶著機會，關照家人一定得好好接待王老師。芬和祖父母同住，老人家還特地保留一桌酒席，等我們享用。也有可能見到深度近視的雲，當年的眼鏡，還是阿倫帶她到臺中街上去配的；雖然她不是阿倫班上的學生，只不過代課幾堂而已……憑著模糊的記憶，阿倫帶我們找到瑩的家。瑩的父親已經等待多時了，他以為我們一早就會到，現在，可錯過了「迎鬧熱」的陣頭了。於是，簡單喫過一碗茶，瑩父帶我們到借宿的新宅。

孩子們和海

趁著天色未暗，阿倫領我們到校園。先爬一段小坡，途中，阿倫叫我們回頭一瞥。哇，是海！忙把身子轉過去，夕陽餘暉，仍然刺眼。只好把手蓋在眉梢，遠眺一番。原來小鄉村靠海，隸屬通霄鎮。通霄有鹽廠，這裡曬出來的鹽，雪一樣白，亮晶晶的。但是隔著省公路和沙埔地，一路上我們只感到海風的吹拂，看不到它的姿影。在這小坡上，竟然得以一窺全豹。喔，不！無限的穹蒼，海平面一線劃開天地，點點流金，海像一匹柔軟的錦緞，鋪展在沙灘上。真是美極了，我們不住地讚歎。

待爬到坡頂，進入校園，登上二樓看海，又是另一種景致。開闊的視野底，灰色的公路隨海岸而蜿蜒，路的兩旁是民宅，大多是平房，間雜一、兩棟二樓式的。向海而去的，也有農舍和菜園，再過去就是沙埔地、沙洲、沙灘，最遠才是海。

海，是此地居民的生活資源。沿海土地貧瘠，只能種種花生和番藷。但是當魚群潮湧而來，就是這小村鎮最活絡的時候了。每逢漁獲豐收，即使是半夜，家長也要拉著老師去嚐鮮。滿桌子的魚蝦蟹，啜上烈酒，賓主盡歡。阿倫頗得意地說。這裡還有個「魚汛假」，就在這個時節放的，好讓學生們回家去幫忙。聽起來好像我們的「春假」，在春天來的時候，帶孩子們去郊遊踏青。但「魚汛假」應該多一點為生活「打拚」的鹹味兒吧！大人討海生活，孩子們課餘也不輕鬆，常常必須在退潮時分，提著水桶，在沙灘上「摸」蛤蜊，給家裡加菜。老人和婦女們也沒閒著，就利用海邊生長的藺草，編草帽、草蓆，集中到大甲鎮販賣，賺一點外快。如是，男女老少，一生一世，都是屬於海的。

可是，討海人的生活畢竟清苦。何況這小村鎮並非優良的漁場。阿倫的學生畢業後，大多往桃園、板橋等工業區就職。這一代已經不再「靠海吃海」了，他們勇於投入工商社會的新市場，緊緊抓住快速運轉的生產線前進。事實上，他們也不得不，否則家裡吃什麼。像好學的瑩，因為是女孩，家中食指浩繁，國中畢業，當然得出外工作賺錢……。

那些投入生產線的學生們，就好像魚苗放入大海，不知道他們成長了嗎，長得好嗎？最初，學生常常給阿倫寫信，寄賀年卡，甚至連老師的生日都不忘。漸漸的，保持聯絡的人少了，有時候寄來一封沒頭沒尾的信，說：「老師，我做錯了一件事了，怎麼辦？」

從此音訊全無。那是個女生，在工廠任作業員。

芬的父親

談話中，夜幕已悄悄攏來。我們轉往芬的家晚餐。

芬是個乖巧的女孩。因為父親在鐵路局工作，必須南北奔走；而母親為了生計，在村子的另一頭經營雜貨店；身為老大的芬就帶著幾個弟弟妹妹和年老的祖父母同住。她的弟弟妹妹實在多，他們上上下下地取菜、添飯、倒汽水，餐桌、客廳、門檻，到處都有小朋友。也許有的是鄰人的孩子吧！芬的祖父母連忙為我們佈菜。忽然，一個人影晃了過來。是芬的父親。他剛剛從親戚那兒喝酒回來，身上還穿著制服，是站長級的。看起來三十幾歲吧，皮膚黝黑，略胖，但是仍然算得上是好看的男人。兩個小男孩尾隨著他，他順勢把他們攏到腋下。

「老師啊，失敬失敬，我回來晚了。給你們敬酒。喔，這是我兒子。嗯，你幾年級了?」問著，自己又搔搔後腦勺，靦覥地說：「真見羞，自己的兒子唸幾年級都不知道。」他的臉因酒氣而泛紅。「嘿嘿，老師你們莫見外，我的孩子很多，彰化那邊還有兩個沒帶上來……，呵呵，歹勢啦，那時候我突然周轉不靈，彰化那邊替我還了八十萬塊的債。後來，人情債難還嘛，女人又對我很好，丈人也器重我嘛，就在那邊生了幾個孩子……啊，見羞，見羞！我罰一杯！」說著，一仰而盡，姿勢非常瀟灑，有若二十出頭的小伙子。「阿芬，阿芬，來給老師敬一杯！」

芬不知何時已離去。我們面對這位「酒後吐真言」的父親，竟不知如何搭話下去。所幸屋外又有酒伴呼喚，他一聲抱歉，就撇下我們到別處喫酒去了。

雲和她的嬰仔

芬從外頭帶來了一個年紀相仿的女孩，鬈曲的長髮，連身洋裝和半高跟鞋，加上金邊眼鏡，顯得比芬成熟多了，也透露一點兒滄桑。

「王老師！」

「是你！」

阿倫迎向前去。師生倆寒暄一會兒，阿倫招呼我們起身，說要到這學生家喝茶。一行人隨著她在小巷弄裡左彎右拐，我悄悄問她是誰。正是那個信裡自稱「做錯事」的女生。透過芬，阿倫才知道原來她在鶯歌工廠上班時，結識男同事，兩人陷入情網就不可收拾，搞成懷孕。而男方正要去當兵，其父母不肯給辦結婚，只下個「暗聘」，講好三年役畢後，再來迎娶。就這樣，這個女生挺著一個大肚子回娘家待產，生下個女兒，七八個月大了，街坊鄰居都知道她跟人「偷生子」，都睜著眼睛等著瞧，看那個男的會來娶她嗎。而她的家人對她也沒什麼好臉色。還好有芬，當阿倫得知其情時，交代芬要特別關心她，讓她好好養孩子，有信心等待下去。今晚，要不是芬好說歹說，她也不敢來見老師。阿倫又說，她好像換了一副眼鏡，那時候幫她配的，是塑膠框的。當然囉，幾年的時光都過去了。這女生叫雲。

雲的家在四合院外廂房，最裡面的一間。屋裡鬧哄哄的，原來他們也在宴請親友。一個抱著嬰兒的中年婦人走向我們。「老師你來了。」她微微頷首示意。等雲端過茶水來，又淡淡地說：「請用茶，你們自己聊，我前頭正忙。」接著把嬰兒交給雲，急促地往前廳去了。是雲的母親。也許她真的很忙，我們來得突然。

嬰兒是人間的寶，永遠吸引眾人的目光。郭和江是新婚，他們對雲的孩子充滿興趣。

「你是弟弟還是妹妹啊？叫什麼名字呢？你怎麼都不笑呢？咦、呵、咕咕咕……」

不知情的江頻頻逗弄著小嬰兒。

小嬰兒只是瞪著我們，她的眼睛不大，屬細長型的。她也有鬈曲的毛髮，就像她的媽媽一樣。小眉頭緊蹙，也像媽媽。大概對我們這些陌生人「認生」了，在江的懷裡掙扎著。

「小孩多大了？」阿倫問。

「八個月了。叫阿英。是個女的。我自己帶她……」雲小聲地回答。大概只有阿倫問，她才肯說話。她把孩子抱回懷裡，斷斷續續說著育嬰的苦樂，不是很熱衷的，不像一般的媽媽說起兒女經時，那種得意。她不曾提起孩子的爸爸，我們也不好問起。

停留片刻，阿倫提議去媽祖廟逛逛。雲怕孩子吵鬧，就不跟我們去了。臨走，芬約她明早一同去秋茂園，陪王老師多聊聊。雲猶豫著。阿倫說一定要來，不然老師會很失望喔！我們在旁邊附和，自告奮勇要幫她照顧嬰兒。她勉強點點頭。

媽祖不在家

夜晚的媽祖廟好熱鬧，雖然是節慶尾聲，但是正逢週日，熱鬧的氣氛又被點燃起來。

各色小吃、童玩攤子，從路頭擺到廟口。廟埕上有一座固定的水泥戲臺，可見這廟的香火鼎盛，鄉民必然踴躍捐獻，才有這等規模的戲臺。這時的廣場，老的、小的，擠在長板凳上看戲，個個仰著脖子，目珠動也不動，看得津津有味。還有人爬上戲臺，倚著柱子，也是看得目瞪口呆。可惜鑼鼓喧天的，聽不出唱些什麼。年輕人則聚集在中庭放大龍炮。「滋滋滋」火藥點著了，幾秒鐘就是一棵火樹銀花，火花噴射而出，像陣陣流星雨。流洩下來，又變成一座光和點的噴泉。最後「碰」一聲，把整個炮筒爆成碎片，滿天飛舞。女孩子尖叫著，摀著耳朵逃開；男孩子卻得意狂笑，並準備下一回合的戰鬥。

我們趕緊進入大殿。香煙繚繞，雖然媽祖神像不在其座上，但鄉人仍然行禮如常。芬為我們描述媽祖神像的模樣。是一尊「黑面」媽祖，戴后冠，前面有珠簾垂著。芬說這裡的人，不管是不是討海人，家家戶戶都信媽祖。像她祖父，是個煤礦工，但是對媽祖也很誠信。

「那你呢？」

「也跟著信啊！」

芬實在是個淳樸又可愛的女孩。阿倫說，她是當年班上成績相當優秀的學生之一，又很乖巧、懂事。但以她的家境，也只能唸到高職畢業罷了。

總是這樣的，老師關心學生，希望他們得到很好的照顧，發展其資賦。但客觀情勢總有許多限制，譬如這小鄉鎮生活貧困，養孩子莫不指望他早日賺錢貼補家用；芬，已經算是幸運的了。如果像雲，國中畢業，十五、六歲的孩子去外地工作。她平日所學的，又能給她什麼資助呢？墜入情感的深淵，情之必然，理字無法苛責。雖然媽祖「不在其位」，但我不禁也學習鄉人，雙手合十為香，祈求媽祖賜給平安。特別是這些女學生們：乖巧的芬，將來遇得可靠的伴侶；在外地的瑩，平安順利；還有雲和她的嬰兒英，爸爸早日歸來迎娶……。

從媽祖廟回到宿處，已近半夜。和衣而眠，夢中猶迴盪著鑼鼓聲，好像也有流星點點，灑落下來……。

「你看看雲的信。」阿倫把信遞給我。

我讀著，又把照片拿過來仔細端詳一番，濃妝的雲仍有幾絲掩不住的愁情，而新郎則是喜氣得很。怎麼沒有讓阿英當花童呢？雖然有點不倫不類，但那小娃娃可是陪媽媽等了三年，才叫到一聲爸！

「什麼時候再去看看他們？」阿倫問。

我想，下一次去，如果不是慶典尾聲，媽祖應該在家囉。

雲的信，只說起自己的近況，沒有提起芬等。願他們也都安好。

原載於一九九六年十二月二十七、八日《臺灣日報‧副刊》

附加注音的名片

本來我是個沒有名片的人，因為用得到的場合實在不多。但有一天，我突然擁有一盒名片，樣式很普通，特別的是那上面的字——我的名字旁邊都加上了ㄅㄆㄇㄈ的注音符號！我掏出來時嚇了一跳，偶爾遞出一張，別人總是看了又看（也許他正在心裡默默拼音），最後才露出會心的微笑。

這張有注音符號的名片，頭銜其實很小，並不是什麼位高權重的董事長、總經理之輩的，也不是我們學術界站在高峰的教授、系主任之流。它只是一種客卿的身分，代表對學者專家的尊重。它在我的名字上面戴上一頂小小的帽子——《國語日報古今文選》雙週刊特約主編。這工作是由曾永義、黃啟方二位師長交給我和王基倫君的，含有薪火相傳的意味，希望我們再接再厲，為注解古今佳作繼續努力。

在兼任此職之前，我對《古今文選》並不陌生。因為就像大多數學生一樣，遇到國文課本裡的文言文，《古今文選》就是最好的輔助教材，從題解、作者、注釋到全文白話翻譯，以及附錄的參考資料，有的甚至比參考書還詳細。而且它還可以單期購買，可說經濟又實惠。一直到上了大學，大一國文，以及往後中文系的種種課程，《古今文選》都是我們倚重的注釋版本。尤其是外國籍或是僑生同學，當他們啃著生澀的古文詩詞，《古今文選》不啻是一位耐心又博學的好老師，從讀音到文意，鉅細靡遺的指點。

原以為《古今文選》只是屬於學生的刊物，待我接任主編，偶獲讀者來信，才知道它的讀者群如此之廣。有耄年的老先生，也有聰慧的中學生，更有不少執教的老師。他們有的熱心指正校對上的失誤，也有提出質疑者。有人問某句詩的典故出處，也有人希望為他選注某篇文章。印象最深刻的是，一位中學生問我袁枚〈祭妹文〉中，妹妹的死亡時間問題。我因此向醫生朋友請益，醫生朋友說從醫學上可以找到學理依據，但他寧可相信是袁枚兄妹情深，因此其妹才那麼久不斷氣，且身體依然溫熱，只為等待袁枚回來見她最後一面。我回信時一方面轉述學理，另方面也傳達醫生朋友對文學的注重。事隔一、二年，有次我到高雄師大發表學術論文，臺下有個同學熱切地跑來找我，原來他就是那個問問題的中學生，如今他已考上國文學系，對文學更加熱愛，有理想，有信心。

注解文章是相當辛苦的工程，就像蓋房子一樣，首先要選出典範之作，輔以背景說明，然後在恰當處注解成語新詞，接著用流暢簡潔的白話文譯寫全文。遇現代詩文，雖然不必語譯，卻更要加強賞析，以便使讀者掌握文章要領，進而興發美好的情志，引人共鳴，啟人深思。許多知名學者專家都為《古今文選》選注過文章，包括早期的齊鐵恨、梁容若、方祖燊，一直到近期的林文月、曾永義、黃啟方等，更有多位大學文史科系的教授、現代文學作家與中學教師等。《古今文選》最初係為推廣國語文而設，而今悠悠五十個年頭，將近一千期的發行歷史，使得它成為各界人士修習古典文學的自修捷徑；近年增選現代文學作品，也可以為讀者提供閱讀的指南。而身為主編者，選文、約請注解者、校訂注解稿便成為繁重的功課。時常為了一個出處、一個破音字，翻遍圖書館工具書；甚至還要再請教這方面的專家，才能確定無誤，放心簽下「付印」的字樣。從幫忙校對到接任主編，我逐漸養成「看國字不看注音，看注音不看國字」的分層校對習慣，又經常「於不疑處有疑」，才能使錯漏字的情形減到最低。我不禁感歎注解翻譯難，編輯校對，更難！

當初曾、黃二位老師先找我幫忙校對等雜務，為免我做白工，二位老師還自掏腰包，按月付我「工讀費」。待我拿到博士學位，升任副教授，二位老師即將主編之職交付予我，同時也推薦師院語教系教授王基倫君共同擔任。其實當時二位老師不過五十出頭，正當壯年，卻毫不遲疑的提拔後進，他們的氣度與關愛，是我二人最為尊敬與感動的。記得移交之日，二位老師還說此後由我們自主，務必使《古今文選》的內容與聲譽更加發揚光大。我們深感惶恐，也深知任重道遠。

平心而言，《古今文選》並非僅是某家報紙的附屬刊物，它其實見證了臺灣社會五十年來的國語文教育成果。它隔週定期出刊，更代表人文精神的堅持，在社會風氣日趨功利浮誇之際，它默默傳遞中華文化的薪火，承先啟後，貫穿了古今的文學心靈。它是淺碟時代的深度閱讀，從文字、文章到文學、文化，《古今文選》正是溝通作者與讀者、作品與意義的最佳橋梁。

原載於二〇〇〇年十月二十七日《中央日報・副刊》

輯六　心靈的漫舞

櫻花和煙火

早春時節，一樹櫻花燦然。樹下，女孩就著依稀的樹影，翻著厚厚的原文書。她斜披著髮，髮上的紅蝴蝶結映著陽光，和緋紅的櫻花爭豔。

優雅的長裙飄墜，在微風中，那流洩的線條和長髮一樣美。而裙腳露出的，是一雙厚底加鋼架的皮鞋。她，正坐在手動的輪椅上，扳起扶手附裝的小面板，充當桌面。她很專心，一點兒也沒察覺我走過。

秋涼的十月，和喧嚷的人群擠在河濱看煙火。每一陣煙花綻放，都引來歡呼讚歎，有人甚至鼓掌叫好。

就在我前面，一個略顯矮小的男子，也和所有人一樣，仰著頭，注視著每一幅夜空裡的彩繪。他比較安靜，不曾高呼，只偶爾拍拍手——我才注意到，他的肩膀聳得畸形，在拍手時，竟像生鏽的齒輪轉動，相當費力。

當最後一朵煙花熄滅，男子隨著人群回轉身來。噗噗的引擎聲，才又提醒我，他騎著一部改裝過的三輪摩托車。他的車，煞車、油門都由把手上的按鈕控制，因為他的腿也是束著鋼圈，無法使喚。

天地不仁，這世間總有不幸者。

天地無私，這些朋友也可以分享春陽，賞看煙花。

天地若是無私，則人間應當有愛。沒有殘缺，當他專注，亦成為天地間，一則美麗的風景。

原載於一九九七年十一月三十日《中國時報・人間副刊》，原題〈無私〉

白兔・女孩

小女孩穿著蘋果綠的長袍，腰上繫著金色絲帶。她的臉，白裡透紅，就像一顆乍熟的小蘋果。她手中還抱著白兔，眼睛、嘴巴、耳廓點染著紅色，紅與白，兔與女孩，二者相映成趣。

她只有十公分高，就站在我書桌上，是個陶土捏成的玩偶。底座中空，吊個小銅鈴，可以拿起來搖盪，聲音清脆悅耳。

唯一美中不足的是，她整個人都裹上一層油光，彷彿被人把玩、撫摸過千百次，因而顯得有點兒陳舊。

也許她曾經是某個小女孩的玩偶，擺在牀頭，成為睡前聆聽主人心聲的小天使；她和「她」都喜歡可愛的小白兔，也許她曾經是某個家庭客廳的擺飾，很可能是聖誕節時買的，唱過平安夜的聖歌，便擔負另一個功能：「開飯了！」有人搖動她底座的銅鈴，從此孩子們最愛這個美妙的聲音。然而她會不會是一個訂情的禮物呢？兩小無猜型的，小情人送給小情人，美麗的臉龐像你，溫柔的白兔是我，相偎相依，叮噹的鈴聲恰似初戀的詩篇。

但她畢竟是失寵了，明亮的眼睛黯淡了許多。我第一眼瞧見她，便心生愛憐，好像撿到一個沒人要的孤兒。我輕撫她身上的油光和灰塵，試圖把自己的手溫傳送給她，讓她重新感覺人間的熱和愛。

這就是「白兔女孩」的身世來歷。在某次旅行中，我從英國的鄉村小鎮把她帶回來。那時，她是舊貨市場上不起眼的小玩偶，我卻聽見她稚嫩的呼喚聲，並且看見她背後的許多故事。

原載於一九九九年十一月二十一日《臺灣日報・副刊》

一分鐘的寧靜

穿過車水馬龍的鬧市，我走入靜謐的校園。待會兒我就要上臺講課，但心情卻不能安定下來。可能有點兒緊張，每學期第一堂課都會讓我感到緊張，雖然這門課已經教了好幾年。也可能是剛才街頭的繁華景象干擾了我，我的心還留在那兒，捨不得回到教室中。

我試著安撫自己的情緒，先是閉目養神，又很不放心的打開課本，複習教材。但教材太熟悉了，我開始不耐煩，草率的翻閱。

我盯著手腕上的手錶，很擔心快上課了，而我的心裡仍然一團糟。

我決定背誦一些詩詞：「牀前明月光，疑是地上霜。……」用很慢的速度，一個字一個字念，一分鐘可以背三首五言絕句。

如果是現代詩呢？我把比較熟悉的幾首現代詩在腦海中默誦，有的太長，有的太短，只有鄭愁予的《錯誤》最合適。這首詩序文加正文共九行：「我打江南走過／那等在季節裡的容顏如蓮花的開落／東風不來，三月的柳絮不飛……」用充滿感情的音調，不緩不急，正好一分鐘可以念完。

就這樣，秒針走完一圈的時間內，我複誦著一首首詩詞。如果誤差太大，我便知道我念誦的速度太快或太慢，下一輪就加以調整。

漸漸的，我聽見自己的呼吸聲，十分的均勻；也聽到心跳聲，非常的規律，我的心已獲得平靜。

當上課鐘響時，我微笑的走進我的教室。

因為我發現，秒針走一圈的時間內，我的心已掌握「一分鐘的寧靜」，它使我對自己更有信心。

原載於二〇〇一年三月三十日《國語日報副刊・少年文藝版》

雨中的詩

是個下雨天，我還是出門去辦事。經過臺大附近的誠品書店，我又忍不住進去逛逛。對一個愛書的人來說，書店就是他心靈中的旅店，隨時向他招手，誘惑他從世俗的生活裡逃走。

我特別喜歡這家書店的原因是，它設有新詩專櫃，雖然是在地下一樓，但總算有個特區，讓愛詩的人可以在這裡尋寶。也許是一本暢銷的詩集，也許是剛上市的，也許是看起來有點兒怪怪的手工製作本，也許是原本只流通於校園的祕本。總之，慢慢找、慢慢看，說不定一伸手，卻和身旁的陌生人伸向同一本詩集，兩人相視而笑，原來是個同好。

有人說，詩，那是年輕人的玩意兒。也有人說，詩，那是夢幻者的專利。詩，到底是什麼?有人乾脆說，我不懂。唐詩、宋詞，古典文學的瑰寶，也是傳統文化的精髓，

「牀前明月光，疑是地上霜」、「春花秋月何時了，往事知多少？」……似乎在某個節日、某個情境下，我們很自然就想起這些膾炙人口的詩句。一般人對新詩的熟悉度也許少些，但總聽過「輕輕的我走了／正如我輕輕的來／我揮一揮衣袖／不帶走一片雲彩」的名句吧！只要稍微留心，詩情畫意，原本就溢滿我們的生活，不分古今。相信嗎？平凡的人生因為有詩而幸福，美麗的人生因為有詩而更尊貴。

這次，我選購了三本詩集，使我興奮的是，其中有女詩人夏宇再版的《腹語術》。付錢時，櫃檯人員告訴我，夏宇的最新詩集也已經到了。我說，上次就買了，這次總算等到再版的《腹語術》。年輕的女店員朝我微微一笑，彷彿我們交換了一個祕密。

我走出書店，雨仍然下著，而且不小。我撐起傘，把新買的詩集夾在腋下，以防淋溼。漫步雨中，雨點打在傘面，叮叮咚咚，就像一首詩，一首雨中的詩，一路為我敲打下去。

原載於二〇〇一年十一月六日《國語日報副刊・少年文藝版》

美的儀式

春日櫻花，秋天楓葉；炎夏衝浪，寒冬賞雪；四時遊樂，讓我們的身心得以調節舒暢，生命更加多彩多姿。

然而在追隨流行風潮之外，你可曾為自己訂定美的契約、美的儀式？也許，只是每天讀一首詩、說一句好話、聽一首浪漫動人的音樂，只要讓自己的心靈舒暢愉快，並且持之以恆，就是履行了美的契約，體現了美的儀式。

我最喜歡欣賞荷花，我把「到植物園看荷花」當做是我個人和荷花簽定的美的契約，每次去看它，就是舉行一次美的儀式，讓我洗淨心靈的塵埃，有勇氣重新踏入這紅塵俗世。

我之所以喜歡荷花，有一大半原因是從詩詞的啟發而來的。「魚戲蓮葉東，魚戲蓮葉西」，這民歌裡的熱鬧，把荷花襯托得生動有趣。「荷葉生時春恨生，荷葉枯時秋恨成」，唐代李商隱的荷花詩讓人讀了也跟著傷心，人生原本就不是十全十美，所有的憾恨也只能「留得枯荷聽雨聲」。而現代詩人余光中寫的：「步雨後的紅蓮，翩翩，你走來／像一首小令／從一則愛情的典故裡你走來」卻又是另一番風情，讓人驚豔於荷花的嫵媚和愛情的纏綿。荷花、蓮花，不只是〈愛蓮說〉裡的品格高潔，也有那失意人的惆悵，戀愛中人的嬌媚呀！

微曦的清晨，陣雨過後的下午；初夏的黃昏，秋末的晴日，都是看荷花的好時光。我也許繞著荷花池走一遭，也許買杯清茶，在歷史博物館的長廊，遠望荷塘。荷花在我的眼底，也在我的心底。

在不同的季節賞荷，描摹荷花的各種姿態，是我在心底祕密進行的，美的儀式。

原載於二〇〇一年六月二十六日《國語日報副刊・少年文藝版》

讀詩的窗口

到英國旅遊時，友人推薦我們到當地的狄倫書店逛逛。我們手持地圖，按圖索驥，很快就找到這座圖書的寶庫。

進入其中，一樓陳售的是實用類的書籍，觀光指南、流行雜誌、園藝手冊、食譜等等，五花八門，琳琅滿目。登上二樓，墨綠色的書櫃與深棕色的原木地板，塑造了典雅而莊重的氣氛。湊近一看，都是很嚴肅的作品：學術論著、經典文學、當代文學等，《聖經》、戲劇家莎士比亞、女性主義先驅維吉妮雅・吳爾芙等，都有專櫃陳列。我們從右手邊的書櫃看起，走馬看花，隨意瀏覽。

突然，轉過一道柱子，眼前一亮，原來這兒有個窗口。窗臺下還設置了座位，上面鋪著軟墊，好溫馨的感覺。我試著坐坐看，蠻舒服的。這麼舒適的位置，兩旁擺設哪類書籍呢？且讓我仔細瞧瞧。這一瞧，不得了，全都是詩集！有艾略特、濟慈、華茲渥斯、

《十四行詩選》、《現代女詩人選集》等等；在外形式上，大小開本、黑白彩色、精裝平裝，應有盡有。當然也有迷你型的口袋書。這些詩集，安安靜靜的站在那裡，除了類型的多樣，搜羅的作家作品也頗有規模——雖然我對英國文學完全外行，但順著書籍的排列次序，似乎也讀了一遍英國詩歌的發展史。

我順手拿起一本《英國鄉村詩畫集》，坐在窗臺下翻看。窗子是半開的，微風吹來，好像把那畫裡的麥草都吹動了，十四行詩的音節也在風中琅琅作響。木格子的窗櫺，把陽光篩成一塊塊小方格，投映在地板上。我心中充滿感動，因為詩，因為風，因為陽光，因為這美麗的窗口。

直到時間逼迫，我才依依不捨的起身。在接下來的旅程中，我的行囊多出了幾本英文詩集，而那個讀詩的窗口則在我心底閃閃發亮，好久好久……

原載於二〇〇一年八月一日《國語日報副刊．少年文藝版》

老式寂寞

大部分的時候，我們不耐煩於周遭的嘈雜，很希望找個地方靜靜。果真找到這樣的地方了，我們看到了什麼，聽到了什麼，感覺了什麼？

有人說，聽到了悠揚的音樂聲，因為他正在聆聽古典的小夜曲。

有人說，看到了繽紛的色彩，因為他正在欣賞名家的畫冊。

有人說，感受到白雲舒卷、輕風拂面的愉快，因為他已走進了大自然。

比較之下，我是多麼不幸，我聽到的是自己吶喊般的心跳聲，看到的是鏡中另一個孤獨的自己；在安靜的環境中，我徹徹底底感覺到的是，寂寞。

寂寞，一個古老而永恆的課題。我似乎還沒有心理準備，它就悄悄襲來。有位詩人形容霧附在貓的腳上，無聲無息，我覺得寂寞這感覺也差不多。當你察覺它的到來，你已身陷心靈的濃霧之中。你要認真地辨識它的面目，忽然它又消失得無影無蹤。

為了逃離寂寞，我扭開收音機。又覺得那些電臺主持人都是廢話，音樂節目也不能盡如人意。於是我往人多的地方鑽去，鼎沸的人聲車聲、不斷升高的體溫氣溫，我的心才稍稍靜定下來，沉浸在這樣的氣氛中。原來，我這麼怕寂寞啊！真是悲哀。我回想學生時代準備考試，別人都去圖書館搶位子，只有我喜歡待在速食店，點一杯紅茶，在快節奏的熱門音樂中，捧著書本筆記越唸越起勁。別人佩服我有定力，只有我知道，我怕安靜，安靜的環境會勾引我寂寞的靈魂，引它出走！

偶爾和朋友說起自己的感覺，朋友說，怕寂寞嗎？咖啡館專門販售治療寂寞的偏方，PUB 裡也有一堆跟你一樣的人。於是，我跟著朋友尋訪有格調的咖啡館，或者闖闖有特色的 PUB。

氤氳的燈光和咖啡香，輕柔的音樂和模糊的人語，這是咖啡館令人著迷的地方。但是我要點什麼咖啡，才能治療我的寂寞呢？我帶著一疊稿紙和一枝筆，一本喜愛的詩集和一份當天的報紙，低頭默飲咖啡，不時偷偷瞄瞄其他的客人——原來這就是治療寂寞的偏方。

而五光十色的 PUB 裡，你得先習慣一些奇奇怪怪的雞尾酒名，血腥瑪麗、Pink LadyPink Lady……，跳舞嗎？聊一聊好嗎？那一雙雙滿溢著慾火的眼睛，一張張大開大闔的嘴巴，他們怎麼會寂寞呢？忙著彼此試探、調情都來不及了。

我終於了悟，我是個寂寞的人。我追隨人群，渴望聽到人聲喧嚷，卻又經常逃離，或者和人格格不入。我只有選擇孤獨。

我是孤獨的。我不再需要準備考試，所以也不再在速食店唸書背英文單字。我也不再踏入PUB，男歡女愛，狩獵的遊戲填補不了心靈的空洞。我偶爾去咖啡館，但次數很少，因為那裡只是寂寞的人互相窺視寂寞。我只能自己品嚐自己的寂寞。

陰霾的午後，一杯清茶，一本書，多麼古老的寂寞模式。我還是忍不住放了一張CD片，有一點點聲音也好，就讓音符敲響我的寂寞吧。

原載於二〇〇二年一月二十五日《中國時報・人間副刊》

光影之舞

最喜歡灑滿陽光的日子，就算不能走到戶外曬太陽，拉開窗簾，打開窗子，滿室透亮，也讓人心情開朗。陽光，是氣體溫泉，把人的身心都熏得舒舒暢暢的，就像曬過太陽的被子，整個人蓬鬆酥軟起來，好溫柔的感覺。

我還喜歡靜坐在窗邊，看陽光折射，把屋外的樹影，天上的雲影，都投射進來，在窗玻璃上、在牆壁上、在天花板上，隱隱約約，跳著光影之舞。

這一幕幕的光影之舞，都是太陽先生的傑作，他的腳步移動一寸，樹影雲影就跟著變換姿勢，有時候還加上風的助興，把這支舞跳得更嫵媚動人。看哪，花臺上的白榕，在窗玻璃上伸展她纖細的腰肢，疏落有致的葉子，也形成深深淺淺的剪影，熨貼在上面。風來了，她的腰肢款擺，葉子如髮浪般起伏，原本一幅寧靜的水墨花卉，剎時變成動感十足的「與風共舞」。

雲影不容易察覺，如果角度恰當，細心一點，就可以看到牆上灰灰淡淡的影子在變動。我本來不知道，只感到疑惑，為什麼白色的牆壁上會有灰色的影子，薄薄的一層，有時又突然散開，不見蹤影。直到一大片烏雲蓋過來，屋內光線瞬間黯淡，隨後又漸漸明朗，我才恍然大悟。

而最動人的是，如果屋外有個池塘，太陽把他的手伸進水裡，又把水的影子潑進屋內，投映出來的，便是閃閃發光，又搖搖晃晃的一方天地。尤其風行水面，這波光粼粼的感覺，會使人錯覺是在清溪小河邊，而自身已成為逍遙的隱士，或者在水一方的佳人。不過這樣的機會不多，我只在學校大教室裡看過這水光的投影——因為教室旁恰好有個蓮花池，更因為我總是上課不專心，當陽光和風一再「勾引」我的時候。

如果可以「偷得浮生半日閒」，到小公園裡坐坐，看樹影投映在大地上，聽花花葉葉在風中呢喃，流雲千變萬化，這些戲碼，在充沛的陽光下，更有看頭。連借坐的雕花鐵椅，都因為陽光的照射，而產生非常有藝術氣息的影子。加上自己的身影，被陽光拉得瘦長瘦長，看起來也頗婀娜多姿，哦，我真喜歡這個變形的遊戲。

是故，陽光和影子捉迷藏，影子又和風互相追逐，還有水的客串演出，平淡的生活遂有了小小的趣味。直到夕陽西下，這光影之舞才告圓滿落幕。然而，別忘了，這背後還有一個重要人物，那就是時間——在時間的舞臺，光與影盡情地舞弄人生，直到黃昏，直到風靜，人靜，心也靜。

原載於二〇〇二年二月十二日《中央日報·副刊》

好書推介

未能忘情

劉紹銘

充實的人生，不必帶有什麼英雄色彩或建立什麼豐功偉績。如果我們遇到難以忘情的機緣時，能夠及時認識到其滋潤生命的價值，這些經驗積聚下來，就不會白活。

甜鹹酸梅

向　明

人間世事的紛擾和關懷，親情友情的回味和依戀，旅途遠行的記憶和心得，反映出生逢亂世一個平凡人的甜鹹酸苦。文字簡練流暢，是作者詩筆以外的另一種筆力。

美麗的負荷

封德屏

作者是敬業而優秀的編輯人員，文章情采兼備，可看出一個編輯人的人文關懷；恍惚見著一個當代知識女性，一步一腳印地走在兩旁植滿文藝花朵的鄉間小路。

永恆的彩虹　小民

跨越時、空的局限，真摯地記錄童年、青年、壯年以迄於今的成長歲月中，對親情、鄉情、友情的深刻感念。作者向以溫婉、親切的散文見長，細膩平實的文筆，描摹永不褪色的真情。

訪草（第一卷）　陳冠學

有田園畫，有家居圖，有專寫田園聲光、哲理的卷軸，也有未曾預期的驚喜與滿足，更有關於人性與人生哲理的文字，句句印入你的心底。

河　宴　鍾怡雯

結集作者發表各地的散文，依語言風格與題材分為四輯，有靈動自然的詩化語言，有略帶小說架構的敘述手法，有感性工筆的回首眺望，有理性纖維的生命沉思。

愛廬談心事　黃永武

追憶愛好文學的因緣、升學的阻礙，及治學有成的心路歷程，以及個人的抗戰流離、雙親的種種苦難，寫出本世紀中國人的災禍與希望，從小人物的回憶中窺見萬頭鑽動的大時代。

琦君說童年　琦　君

每個人都有童年，不管是苦是樂，回憶起來都是最甜美的。善於說故事的琦君，邀您一同分享她魂牽夢縈的故鄉與童年，篇篇真摯感人，字裡行間充滿了愛心與情義。

留著記憶・留著光　陳其茂

以細膩的刻劃，留下記憶裡多采的光影，展現在一幅幅的版畫中。平實的字、畫，潛藏作者的家園之愛，洋溢著溫馨情感，記錄異國風情。且一起走進赤子之心刻劃的木刻世界。

情思・情絲　龔　華

在訴不盡的「思」與「絲」中，都有一幕你人生中的場景，都有你情緒的沉浮，都觸動著你繾綣、纏綿的情感人生。

舊時月色　張堂錡

從青春華年到心情微近中年，從複雜競爭的報紙媒體到單純美好的大學校園，一段年輕生命的轉折心路，鋪陳出一幅色彩斑斕的人生圖景。

海天漫筆

莊因

以漫話方式傳達對生活細瑣的人和事的看法，下筆深入淺出，不吊書袋，更不為夸夸之言。莊因的散文一向注意捏合情理，成果究竟如何，請您細細品味。

情悟，天地寬

張純瑛

她的豪爽帶一點俠氣、帥氣，她的筆下邏輯飽滿，文氣如潮。且在享受閱讀的愉悅與感動之餘，賞見人生的海闊天空，清景無限。

在綠茵與鳥鳴之間

鄭寶娟

昔日的血肉之軀已化作碧草如茵，炮聲震天如今只留空靈鳥鳴。在綠茵與鳥鳴之間，戰事已遠；傷痕雖已癒合，卻仍隱隱作疼。

也是感性

李靜平

歲月的光景倒影心潭，輕輕縱身滑入熟悉的過往。輕煙朦朧點滴溢去，時間在眼角留下了淚的足跡。穿越生命的顛躓，圓夢，不在遠處天際，而在心底的感性收藏……

國家圖書館出版品預行編目資料

扛一棵樹回家／洪淑苓著.－－初版一刷.－－臺北市；三民，2003
面；　公分－－(三民叢刊. 255)
ISBN 957-14-3805-7　(平裝)

855　　92013027

網路書店位址　http://www.sanmin.com.tw

© 扛一棵樹回家

著作人　洪淑苓
發行人　劉振強
著作財產權人　三民書局股份有限公司
臺北市復興北路386號
發行所　三民書局股份有限公司
地址／臺北市復興北路386號
電話／(02)25006600
郵撥／0009998-5
印刷所　三民書局股份有限公司
門市部　復北店／臺北市復興北路386號
重南店／臺北市重慶南路一段61號
初版一刷　2003年8月
編　號　S 85629-0
基本定價　參　元
行政院新聞局登記證局版臺業字第〇二〇〇號
有著作權．不准侵害
ISBN　957-14-3805-7　(平裝)

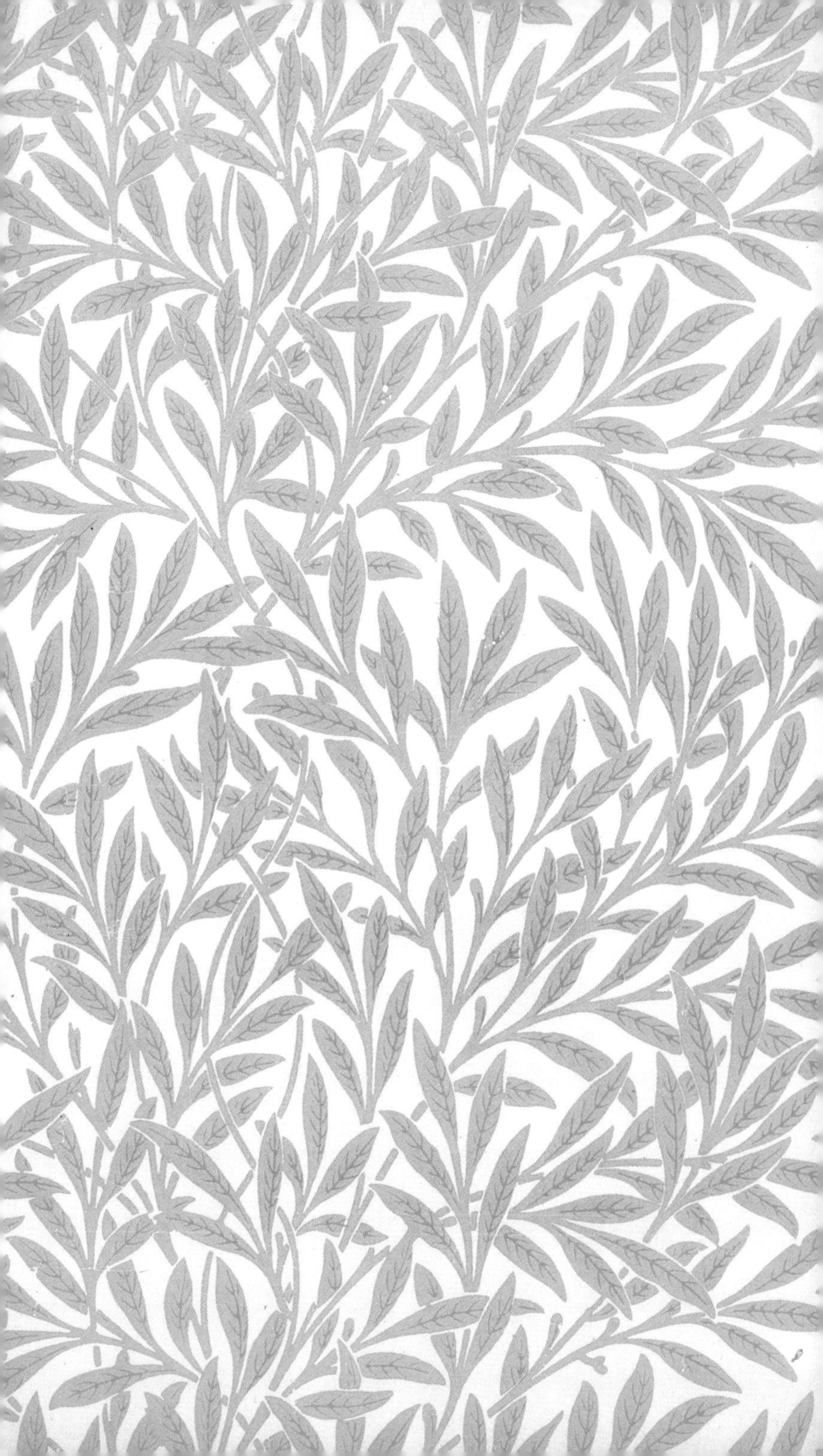